只缘

贾振葵 著

中国民族文化出版社·北京

识庐山真面目，只缘身在此山中"的寓意。是的，我只写了我的所见所思所经历。当然，我之所见所闻所思是有局限的，"只缘"我在此世中。我只是以我的率真，写出了我的人间。

我的散文集得以出版，感谢所有热心的文友，感谢第一读者项绍宇先生的支持。

贾振葵

2019.11

目 录

万物生辉

朝露夕雨

墨迹淡开

青海长云

—— 万物生辉 ——

绿玉之缘

老天！许是缘分。

那一日，我从西山将军桥花鸟市场归来的路上，一眼就看到被遗弃在路边的一棵草，半枯，叶边已经萎黄，只有叶脉，仍在坚持着那点儿绿色。想来，她在路边已有多日。天知道，是为了什么？我竟然对这棵枯黄的草而怦然心动。许是有那么点儿恻隐？不知道。这棵枯草，似乎有那么一种不屈的神气。长叶坚持的绿和笔直的秆儿，饱含着对生命的渴望，让我有所感动。如果再暴晒在炎炎夏日下，她很快就会走到生命的尽头。既然是缘分，遇到了，岂可无视而过？我蹲下，仅仅为了那点点的绿色，小心翼翼地把她捧了起来。回家，找了一个土陶花盆把她种上——希望看到她的努力与追求，重回碧绿。

我不认识她，不知道她是草还是花？或许，这只是一种无心插柳的行为。

几天清水的浇灌，阳台上的她，那枯萎的长叶子，开始由黄逐渐变绿。倔强的她，竟然努力地活过来了。她已无花蕾也不再有美丽的颜色，只有那笔直的绿秆儿上，绿叶细细长长，在风中柔曼着，有点儿吴带当风的姿态。当然，她的叶子不能和兰花相比，实在太单薄了，又很直率。我心里不免有点儿为她惋惜，略嫌美中不足。慢慢地，她还是浑身枯黄倒在了烈日的强势里。我真是白费心机，只好随她"质本洁来还洁去"了，那个土陶花盆也就闲了下来。

立秋之后，天渐凉了。那土陶花盆中间突然钻出来几张绿叶，有点儿"小荷才露尖尖角"的意味。看那叶子，才知道，是她去而复来了，这让我大为惊奇。原来，她的枯槁，只是为了来日方长。查阅资料：哇！原来是百合花！这让我兴奋不已。我喜欢百合花，却以这种方式识得她，多少有点儿浪漫，似有点儿艳遇的味道。也许是心仪太久，也许是心有灵犀，我和百合花，就这样不期而遇！我对遗弃她的人很不理解——这么好的花儿，怎么就不懂得爱惜呢？

百合花从此在我家住下。作为知音，或许是因为两度相遇吧，百合花每年都努力地开着。夏藏，秋萌，冬忍，春来花朵怒放。碧绿的秆儿上，开着一朵朵很纯洁朴素的白色花。一秆儿一朵花，没有枝枝蔓蔓攀附，也没有盘根错节。她的花形有点儿像旧时留声机上的喇叭，六瓣，微微向外翻飞着。娇黄色的花蕊、丰盈的黄粉末儿，好像故意撒一点儿到白色的长花瓣上，晶莹的样子分外美丽。在我的眼里，那是一种发自天性的俏皮，有点儿妩媚，有点儿灵性，更让人怜爱。我给她起名叫"绿玉"，除了概括她的形色外，还含有"路遇"的意思。

朋友到我家来，看到那盆百合花，都会由衷地赞叹一声"真好看！"——真好看，就是看了还想看且百看不厌的意思。朴素的赞美，意蕴更为深刻。百合花，生来绿叶白花，长秆细叶，是一种自然纯洁的美，她得到的赞美，没有任何华丽辞藻的修饰。可是，纯洁朴素美的内涵，谁又能解说得清楚？爱与不爱，百合花未必真的知晓，只有让喜爱百合花的人自己去细细琢磨、慢慢品味了。无论是从哪个角度去看去想去品味，百合花的那种质朴、向上、自然的美感，都会给人以灵气怡然的感受。因此，我想，面对百合花朴素纯洁的美，大可不必使用艳俗的、暧昧的、晦涩的辞藻来赞美她。我相信，最简单的就是最真实的赞扬——大道至简！也为朴素的百合花着想，一些华而不实的赞美溢美滥情的辞藻，多少有些虚伪浮夸在里面，对生性清高的百合花来说，那可能就是一种伤害了。

百合花的根茎在土壤里沉默地度过冬天，她向着光明生长；她出生在千娇百媚的春天里，在千红万紫的时日里，只有小草般的绿叶相伴，是那么不起眼；她以她纯洁的、白雪般的神态，清凉着这个热气蒸腾的世界。她的花语，想要告诉世界上所有真爱的人——爱情，本真就是那样朴素和纯洁。

百合花微微含苞的花蕾，被碧绿的叶和秆儿托起，一致向着阳光，向着东方。我感叹，她们终于熬过了去冬今春漫长的冷雨季节，一个个挺直了腰杆儿，一节一节地向上，不断长出她的新叶。尽管春寒料峭，我仿佛听见百合花拔节时兴奋的话语：我们展示美丽的季节又要来临了。

百合花，她美丽在春天里。过了夏季，秋雨梧桐叶落时，也是百合花最没有风采的季节。识她的人都知道她是一种多年生的草本花卉，她脱去美丽，把一年的成果掩埋在土里，又待来年重回这大千世界，为演绎她的婀娜多姿做好准备。退场，只是为了下一轮更新的展颜蓄积营养。不识她的，看在眼里的只有一把枯草——季节轮换，君子又能奈何。

百合花，如此纯洁美丽的花儿，想起她曾经被遗弃，心里感触颇多。百合花，是在她展示完美丽和辉煌之后，被人像烂草一样丢弃在路边，甚至人们连看都不再看一眼。扔她的人并不理会百合花只是季节性的告退，不欣赏百合花为美丽藏身地下的习性，不了解她，也不想懂得她，似乎更没有耐心等到她的再度美丽，也没有耐心等待她的久久远远和生生不息。贪得一时欢的人，不会为百合花的美丽守候。培土、施肥、浇水，他真的不会做，也不屑做。张狂的人会说，只要掏出大把的钱来，什么样的美丽买不到？只有没有钱的人，才会去坚守。他的眼前，美丽是多样性的，桃红柳绿，樱唇榴裙，丹霞荷色，还有莺歌燕舞。他的眼里，只有浮世的花季。从来就没有爱过真正的美丽！当然，他也不肯承认百合的纯洁。在这个充满浮躁的世界，有百合花述说的那种纯朴自然的爱吗？他因此遗弃了纯真的百合花，又拥有了当季美丽的新欢，张扬着他在金钱世界里的迷梦。哈，金钱狂舞，淡化人性、品性、品位；啊，金钱狂舞，促成贪婪的手段越来越复杂；唉，金钱狂舞，让人的真情越来越薄似蝉翼。千百年来，有那么多的人喜爱百合，写她，赞美她。南宋诗人王之望赞其"百合开数花，孤芳更清淑"，杨万里则赞扬她"花似鹿葱还耐久，叶如芍药不多深"，都是赞赏百合的品行。

是的，这些年，金钱太过狂妄。也让花花草草沾上了本不该属于她们的污浊。人和花，无一幸免都被分隔成三六九等，就像有钱的人和没钱的人。那些被冠以发财树、金钱树、摇钱树的，欲望满腹的人们希望她们真能带来财运，带来耀眼的富裕。那些被冠以富贵花、天堂鸟、宝丽株的植物，被人修剪得古灵精怪，完全失去了她们的本真，被束缚了天性。花草被"变态"，是欲壑难填的人们想从她们这里得到富贵，得到荣华。"得到的还想有，有了的还想要。"多么虚浮且贪婪的追求！明明这些树木花草生来与金钱无关，却硬被人的欲望披挂上了金钱的盔甲，表达着人对金钱的欲望和诉求。

百合花是草花呀！她不可能被各种各样充满贪婪欲望的钢丝、麻蝇缠绕成奇形怪状，或被修整成所谓"残缺的美"，百合花，只能保持着她本色的纯洁朴素，与那些包裹在金钱里的新贵花的确不一样。既然世上有"人以群分，物以类聚"之说，那么千百种花儿也便如此了。在这个花花的世界里，她只能保持一贯的自然朴素。知道吗？深深埋在地下的百合，却具有"养阴润肺，清心安神"之功，她能让浮躁的心安静下来。如此高洁的、美丽的百合花啊，上天只给了她小草一般的外貌。然而，百合花从来没有抱怨过上天的不公。难道朴素的外表，在这个浮华的世界上，竟如此不被人所看好吗？一切美好的朴素的东西都要断送在浮华当中吗？难道这纷纷扰扰的世界里，只有用大把的金钱来装饰了吗？我呐喊："嗨！为什么不去看看百合花的内心深处呢？为什么不去看看她的才华和潜质呢？"我真的为百合花被遗弃的命运大鸣不平！

百合花，在民间故事里素有"云裳仙子"之美誉，是中国神话故事中的百花神之一，她和有"凌波仙子"之称的水仙花被人们视为姐妹。在传统民俗文化中，百合花蕴涵着"百年好合"的美好祝福；寓意夫妻同心同德，白头到老，演绎着最古老的浪漫爱情。百合花的根茎，是由多层鳞片紧紧合抱在一起，形成一个密密的圆。百合花笔直的秆儿，从这密密合抱的鳞片中抽枝而出。一株花只有一条心，不枝不蔓，绝无旁骛，一心一意。这也是为什么百合花会出现在喜庆的婚宴上和新房里的原因。在中国的文学作品中，百合花象征着朴素纯洁的爱情；百合花，更是文学中美的化身，永不凋零；百合花，出现在多少作家的笔下，被借以表达对美的赞颂。

百合花的美丽，绝不艳俗。百合花让人的心灵逐渐安顿下来，思索着人与人之间纯洁的、朴素的真情，应该快乐归来！

拾来的百合花，真的很顽强，风风雨雨，和我度过了20多年的时光。她从来时的一棵，分蘖出现在的十多棵。满盆绿叶，只要几滴水，她就会繁衍生息，散发芳香。她的外貌并没有改变，永远也不可能改变，她的品性也不可能改变，永远也不可能改变。

这就是百合花——像极了朴素中充满坎坷而精彩纯洁的人生。

拾来的百合花，我的绿玉，又盛开了，依然是绿叶白花，依然是淡淡的花香，朴素着她的朴素，美丽着她的美丽。

雨中的方山

　　刚走近方山，还未踏上登山的路，天就开始往下掉雨珠儿。千万成串，淅淅沥沥，打在伞上，像淘气的娃儿乱敲拨浪鼓一样，高一声低一声地响着。这样的盛情浇灌，让初来方山的我们，有点儿略感遗憾或是美中不足——雨中登方山，山道湿漉漉的，无论如何总感到有点儿不太安全，不很方便，更不情愿，只能叹天公不与人作美。同伴说，"既来之则安之"吧。带着些许的忐忑，我们抬脚踏上了登方山的石阶，一级一级拾步向上。这雨天，打湿了方山，也打湿了游山人的情致，眼睛只能顾着脚下的山路，少了些东张西望的心神。登山不看景，看景不登山，是也。

　　我们沿着山路，跟随着喋喋不休的地导，慢慢地向方山上蹒跚着，向着有诸多神话的美丽的方山走去。一条曲曲弯弯的山路上，几队游人鱼贯而行，走走停停。雨中张开花花绿绿的伞，蜿蜒而连贯，在山路上连成了一条舞动的花龙，给这不曾沉静的绿色方山增添了万紫千红的颜色。雨点噼啪，曲尽其妙，有声有色，成为雨中方山的另一种趣味，似乎弥补了雨中游方山的些许遗憾。

方山，在温岭大溪的"邑之镇山"，地位显赫，成为温岭的地标景观。温岭人以此为傲。谁不说俺家乡好？人人那个都说方山好，可见它已是乡愁的意象了。温岭与温州之乐清地界相交，温岭人称方山系闻名天下的雁荡山一支脉，同是火山岩。同为温字头，自然多缠绵。方山，无论是遐想，还是望文生义，都源于其方方正正的山形，峭壁百米立千仞，无限风光在险峰。据大溪人说，方山是一亿多年前火山喷发，中生代巨厚流纹质火山岩在外动力作用下形成的，是大自然原始地貌改变给人类留下的遗迹，被称为"亚洲最大的中生代流纹岩火山台地"。方山，四面层岩峭拔，卓尔不群。因为它的峭拔，因为它的竖立笔挺，很少有人爬得上去，只有东面壁离地稍近些，曾有人攀梯上去过。从来，山峰是尖的，离天只有三尺三；山峰是连绵的，此起彼伏，蛇走龙舞。而眼前的方山山峰，却是平展展的，打破了世人对山尖尖的一贯看法。大自然万物生辉，没有一定之规。

雨中的方山，绿意蒙蒙，多少游人烟雨中。匆匆一看，平平的山顶上，生长着一些矮小的松树，千姿百态，透着浓密的绿意，似乎给方山铺上了一张绿绒台布。只是今天的台布，被雨淋湿了，绿色更浓，更厚重些了。雨中的方山是有些绮丽的。当然，这种景色只能远观，难以近瞧，不识方山真面貌，只缘身在此山中。只能听着地导在那里口若悬河，加上游人的想象而望山怀远了。

明代大溪人谢省在他的《游方岩记》中，曾这样描述过方山："岩四面壁立千仞，独东面中一岩去地近，可立梯。缘青碧而上，梯不及岩之半。予褰裳先登，梯尽，攀岩而上。"据《大溪形胜》记载：方山顶时常云雾弥漫，在顶上游览，如置身九霄云外，令人飘飘欲仙。若逢晴朗天气。居高远望，则温州、台州部分地区的风光尽在眼底。方山顶是观沧海、看日出的好地方。太阳初升，整个东海海面浮光跃金，天海相映，壮丽至极。

方山有三大奇观，一是，年年的十月初一之晨，可在方山顶上望见"日月同辉"奇观；再是，大风起兮，狂飙向上，峭斗岩上可看到"飞瀑倒流"之景色；又是，方山松之小巧玲珑的形态，千年不大，万年不高，犹如盆中之景，形式各不相同。方山顶上，大约有几百亩平地。不仅有上天湖和下天湖的蜿蜒而流，还有一条美丽的九曲天河，碧水问天。水边树木葱茏，小鸟飞翔嬉戏，野花招摇，恍若空中花园，恰似九天飞来的琼台——不似在人间，却是在人间。尽管传说和书中记载都是那样美好，可是，雨中的方山，雨幕相隔，一众游人，各色表情都有。方山落雨如注，又无法登山，草色遥看近却无，美好总在远眺中，因为，远眺，有着无限的想象空间——越是美好的越难得一见，越难得一见的就越美好，游人很容易踏入这样的怪圈。

雨中的方山，宏大方正，的确不太合乎"山"的常规，坏了汉字"山"的象形之义，少了这山、那山连绵起伏之状，独独以顶平体方之面貌亮相于世间，是可谓"独物"的。方山，雨中远观，方方正正。待我们爬到山脚近看时，忽觉它拔地而起，石破天惊。这种气势，雨幕遮蔽不了。

这让游人的精神为之一振。雨中的方山，犹抱琵琶半遮面，倒是有了别出机杼的一种风流。举头仰望时，头戴旅游帽的游客们纷纷落冠。有的人用手摁住帽子；打伞的游客也只能把伞扛在肩上了，任雨淋湿了脸儿，风儿拉拽着衣衫，忽左忽右。

我们继续向上，迎面而来的是一头"大象"。山里的"大象"很粗犷，四肢发达，象鼻很有劲地垂着，正低着头向游人们走来，有游人惊喜地喊："象？""象！"，不知是说像不像的像，还是说大象的象。再仔细看，方山的大象，除了迎面而来的头象外，后面好像还有几头紧随其后，只是雨幕遮蔽了它们本应该表现的线条，雨水使后来的大象不见真相了。这就是雨中的五象峰，只以一象之形迎客。这方山的山大象和桂林的水大象相比，要显得壮实得多，有力得多。雨中的山大象，身上有了水泽的披挂，好像也添了不少的威势。这让初登方山的游人来了兴致，七嘴八舌，议论纷纷。雨中的方山大象在迎来送往，温和地送游人走过它的身旁。

雨，越下越大了，由小雨变成了中雨，天色也更加阴沉，云层也越来越低，仿佛伸手就能摘一朵带雨的云下来。雨中漫步。方山上也有个梅雨潭，与朱自清先生笔下的温州仙岩梅雨潭同字同音，如一对"姐妹花"。它也那么"女儿绿"吗？我只能匆匆一瞥，还没有看清它的容颜，就被劈头盖脸的大雨逼上了山，匆匆逃避。游人迫不及待地跑进了方岩书院躲雨。我一边躲雨一边细细地打量起方岩书院来。书院兴建于明成化九年（1473 年），建成于弘治二年（1489 年），是经皇帝批准的一所"高等学府"。2003年重建时，采用明代书院的结构布局，设有"大溪圣贤馆""东瓯古国馆""美丽家园馆"等场馆。书院在象鼻岩旁、梅雨潭下，有山有水，风景如画。游人有了书院的遮蔽，没有了风吹雨打，心情倒是一下子放松了，在每个展示厅里游览复游览，与之前匆匆忙忙对待人文景观的情形大不一样了。这里除了图文并茂地介绍温岭人文外，还有如真人一般大的先贤群塑，真衣真帽真鞋真座，这在别的书院是不多见的，可见大溪人对自己祖先的真挚情感，对祖宗的敬拜，这是一种同里同源的天长地久。

有一件事情颇为有趣，大溪人说"大溪是东瓯王的立国之地，东瓯国之都"，简而言之，大溪是东瓯国的都城，理由是，大溪曾出土了东瓯王国贵族的墓葬文物。这让一向以古代东瓯国为荣的温州游客大感惊疑——怎么，这里又冒出了一个东瓯国，而且还是国之都？温州东方道德文化学会的成员中，有一些前辈老先生深谙温州历史，当下就与解说的地导分辩：这是没有依据的。女地导只是嗤嗤地笑，并不作答，也不申辩，只是按照文字照读不误。一座古墓，一个古国，一池梅雨潭，又同为温字头，岂不让温州游客生出万般感慨来。

方岩书院旁，有一座叫"两宜亭"的凉亭。游人可以在这里小憩。这个亭子的奇妙之处在于刚出书院门时望去，只见一座飞檐的亭子，似乎独一无二，看似普通，但是，再向前走几步，就会看到原来是同生紧傍的两座一模一样的亭子，两亭相连，亭柱扎实，方柱玄瓦，飞檐向上。尽管大风大雨，亭内却没有被淋湿。据说，关于"东瓯国之都"，大溪和温州地方文史界向来就有学术之辩，争论已经有些年头了。为了释疑，大溪人在这方岩书院旁修建了这"两宜亭"，含有"两相适宜"之义。这倒引起了我的好奇。我冒着雨在这"两宜亭"转了又转，不管学术之间争辩如何，这亭子的设计用心的确是别具一格的，饱含了大溪人的智慧和其可收可放的性格，这让我不由得对这座"两相适宜"的亭子看了又看。"一个事物的两个方面"，此亭的寓意深长。风雨方山的"两宜亭"格外特别，细品，倒是觉得有些意蕴，让人不禁微微一笑了。

雨越来越大，刚才依稀可见的方山顶上的绿色和一寺院宝塔已经不见了踪影，它们完全罩在了雨幕之中，雨幕还在向下垂注。山顶是不能上去了。地导怕有闪失，叫游客先下山。在下山的途中，碰到一组石雕，讲的是一个民间故事，我觉得甚为有趣，在大雨中把它细细读完。故事讲的是谢铎和一个狐狸精的情感缠绵。谢铎，是方山脚下桃溪人，官至礼部右侍郎兼国子监祭酒，是当时承程朱理学一脉的著名思想家。谢铎未功成名就时，曾在方山的峭斗洞苦读。山上有一狐仙，隐身来洞，见谢铎风华正茂，气宇轩昂，又是如此勤奋好学，日后必成大器。狐仙动了爱慕之心，现身相伴陪读。再说，有善也必有恶。有一个人，垂涎狐仙美貌已久，终未得逞，意必置其于死地方能解恨。于是教唆谢铎称病，骗取狐仙体内的"生命"之丹药。听说自己心爱的人身体染恙，狐仙因爱而献出"生命"灵丹，遂亡。谢铎得了狐仙之灵气，"遂功成名就"，成为一代帝师。他一生著书立说，有《元史本末》《方石史论》《尊乡录》《桃溪净稿》等。但他常常会想起狐仙来，悔不该当初听信谗言，害了狐仙，终日思念，焚香遥寄相思，祭狐仙之英灵，期盼有日相见。故事到这里戛然而止，留下了无尽的回味——也许他们相见了，也许他们没有相见，尽由游人去想象，充满了方山人的智慧。

雨中的方山，虽然不能登顶，没有看到它的美景，却让我读懂了"一方水土养一方人"的内涵。方山，我还会再去吗？也许，须晴日。

嘟嘟小记

　　嘟嘟，是我家楼下的一只小土狗，浑身灰黄色的毛，谈不上漂亮。黑黑的圆润的鼻尖，显得它很有些灵气，那双大大的眼睛里，总是带着点儿忧郁的神色。见有人来，它就仰起头，看着你，那条能表达情感的尾巴就不住地摇晃舞动，显得十分亲热，让人对它顿时生出无限的怜爱来。我们这栋楼的住户都视嘟嘟为宠物。左邻右舍的，楼上楼下的，有时候带点肉食喂它。喂熟了，只要听到你的脚步声，它都会蹦跳着跑出来，向你摇着那条毛茸茸的尾巴，跟着你，一直把你送到小区门口或者楼梯口。看着你迈步上楼去了，它才静静地坐下，依然仰着头，目送你到家，开门进屋，才摆着尾巴走去。每天，下班的时候，它总是送往迎来，不厌其烦。邻居都夸，这狗真灵。

　　嘟嘟，是我孙女给它起了这么个名字。我曾经问过孙女，为什么要叫它嘟嘟？孙女歪着小脑袋说，因为它长得胖嘟嘟的，很可爱。嘟嘟，在孩子群里就这样叫开了。嘟嘟也仿佛喜欢这个名字，只要有孩子喊一声"嘟嘟"，它就快活地摇着尾巴跑过来，守护在他的身边。孩子们跑，它就跟着撒欢儿。这个时候，嘟嘟眼睛里的忧郁神色不见了，满心的欢喜全流动在那双大眼睛里。嘟嘟很聪明，尽管很热情，可它从来不向人的身上扑。它仿佛知道，那样太过热情，会让人害怕。它每次都是快乐地跑过来，走到你的跟前，尾巴活泼地摇着，向你表达着它的热情。一次，孙女放学回家，嘟嘟听到了，快步流星地跑了出来，跑到孙女的跟前，整个身子都在扭动，快乐得很，像好老朋友相逢。孙女把自己的零食递给嘟嘟，嘟嘟看了她一眼，快乐地吃起来。吃完了，就和孙女追逐玩耍，孙女咯咯地笑着、跑着，嘟嘟"汪汪"地叫两声追赶去，人欢狗吠，好一幅童稚戏犬图。大人们饶有兴味地看着，笑着，说着狗的故事。

　　孙女很喜欢小动物，早就要求养只小狗。只是家里忙，忙人都忙不过来了，哪有时间去养宠物呢。孙女见我如此说，就一肚子的不高兴，小嘴唇噘着，都能开出一朵喇叭花来。嘟嘟的倏然出现，让孙女喜出望外。嘟嘟给孙女带来了快乐，也给我们一家带来了快乐。每天，孙女上学前都要和嘟嘟见一面，摇摇手，说声"再见"。放学后，也要叫一声"嘟嘟"，摸摸它的头，才肯上楼回家做作业。嘟嘟，虽然没有住在我家，却成了我们一家人的牵挂。餐桌上，话题始终没有离开过它。孙女总要给嘟嘟留出点儿口粮，从自己嘴里省下一口肉来给它留着。那么爱吃肉的小人儿，都舍得缩食，可见孙女对嘟嘟是真心牵挂。

　　一次放学，孙女吵嚷着说要吃肉粽。我买了一只给她，只见她咬了几口，省了一半攥在手里，偷偷拿眼看我。我知道，她是留给嘟嘟吃的。孙女来到楼下，把肉粽递给了嘟嘟。嘟嘟闻到了肉香，高兴起来，抬起头看着孙女，那双水汪汪的眼睛里放着亮光，高兴得头跳尾跳。但是，嘟嘟没有吃粽子，却一直抬头望着孙女。我对孙女说，嘟嘟肚子饱了，不吃了，咱们先回家吧。孙女跟着我，一步三回头地往楼上走。嘟嘟就一直跟着，一直把我们送到了楼梯口，看着我们上楼去了，它才快步如飞地跑了出去，叼起肉粽大嚼起来。看到嘟嘟吃得那样香，才知道它是要先送我们上楼，才去进食美味的。孙女好感动，我也跟着感动起来。日子长了，便发现，嘟嘟始终保持这种礼节。这让我大为惊奇，感叹嘟嘟的灵性直通人的心灵，让人不由得更加怜惜起这只流浪的狗儿来。

嘟嘟的身世有点儿神秘色彩。我们不知道小小的它是怎么流浪到这里来的。有邻居说，嘟嘟的母亲是一只流浪的黑狗，在小区的绿化带里生下了它和它的兄弟姐妹，在它们刚刚能睁开眼睛的时候，它的母亲就离开了，为饱腹到处去游荡了，从此再也没有回来。另几只长得漂亮的小狗儿多被人抱走了，只有弱弱的嘟嘟孤寂地在地上趴着，叫着，呼唤着，也许是呼唤着母亲，也许是呼唤着兄弟姐妹。嘟嘟的叫唤引起了楼里小朋友们的注意，他们捧着食物，带着纯真童心，没有嫌弃嘟嘟的不漂亮、不美丽，都和它成了好朋友。从此，你一口，他一口，嘟嘟吃着善良的孩子们给的吃食，顽强地活了下来，并且渐渐长大了。乖巧的嘟嘟从此成了我们楼里大人小孩的忠实朋友。嘟嘟很少吵嚷喧闹，大多沉默寡言，只用它的那双会说话的眼睛和会表达感情的尾巴，与孩子们欢畅交流，追逐嬉戏，欢声笑语不断。正在哭泣的孩子，看到嘟嘟摇头摆尾的样子就会破涕为笑。嘟嘟这种乖巧的性格，让当家长的很放心，知道嘟嘟不会去伤害孩子。有哪个孩子哭了，那些爷爷奶奶就说，嘟嘟来了，嘟嘟就真的来了，它就坐在孩子的脚边，望着他，摇着尾巴。嘟嘟可爱，孩子见了当然不哭了，用小手去抚摸嘟嘟。嘟嘟任其抚摸，舔舔小手，孩子痒痒得咯咯笑。嘟嘟虽然不漂亮，但它聪明，和楼里的小朋友相处得很好。

嘟嘟越来越活泼了。但是它仍然不太肯出声，依然保持着原来的礼节。嘟嘟的乖巧，让我怀疑它是否懦怯。可是后来发生的一件事，让我改变了这种想法。那天我刚到小区，远远地传来了狗吠声，好像有几只大狗在那边大耍威风，汪汪不可一世。快到我家楼下时，果然发现两只大狗一前一后夹攻嘟嘟。看情形，它们已经激战多时了。那两只大狗，也许是想占领嘟嘟的地盘，面露凶相，大开杀戒，追赶着撕咬着，想把嘟嘟赶走。嘟嘟坚守着阵地，不畏惧不退缩，大声汪汪地回敬。一对二，势单力薄。嘟嘟的后右腿受伤了，流着血，不敢着地。似乎嘟嘟的败局已定，但是嘟嘟和它们仍顽强地抵抗着，反击着不善来者。我一见，竟然忘了胆怯，大声叫喊着追赶了过去，挥舞着手里的包，对那两只不速之客大声呵斥。看到我来了，嘟嘟士气大振，立刻反攻，再次发威，低沉的嗥叫声让人听到了它内心的不屈不挠。有了嘟嘟的坚守，加上我的助威，外来的两只大狗威风扫地，嘟嘟很快占了上风，它带着伤腿，像旋风一样把那两只大狗赶了出去。那两只大狗被嘟嘟追赶得很狼狈，夹着尾巴逃走了。嘟嘟守住了自己的疆土，趴在地上，喘息着舔着伤口。嘟嘟是勇敢的，它不怕大过它的侵袭者。我为嘟嘟英勇无畏点个赞，好样的。嘟嘟的腿从此留下残疾，就是这样，它依然保持原来的礼节，不厌其烦地迎来送往。

那年底，大家忙着过年，离着放寒假时日不多了。孙女开始复习了，准备期末考试。忽然有一天，孙女放学回来，不见了嘟嘟。她很着急，慌里慌张地跑到绿化带里声声唤着嘟嘟，不肯上楼。嘟嘟就躲在自己的窝里，只把头露了一下，重又缩了回去。几天不见，大家发现嘟嘟变样了，腰身变粗了，懒洋洋的，只有那双灵光的眼睛依然透着忧郁的神色。孙女伤心地说嘟嘟生病了。我告诉孙女嘟嘟要当妈妈了。年底那两几天，气温骤降，时雨飘零。嘟嘟再次不见了。孙女找到了嘟嘟的窝，那里空空的。嘟嘟的失踪让人神伤。一家人都在猜测嘟嘟会去哪里。一天，孙女站在东窗，望去，忽然发现，嘟嘟就在四楼人家的小阳台上，正抬头望着我们。孙女兴奋得手舞足蹈，大声叫着嘟嘟，嘟嘟没有答应，只是用眼睛，那双忧郁的眼睛望着我们。原来嘟嘟被好心人收留了。他们为嘟嘟用纸箱搭起了产房，让嘟嘟在那里待产。嘟嘟终于有了着落，让我们很是欣慰，心情也轻松了不少。孙女说，过几天，嘟嘟就会带领着它的小宝宝出来了，我们期待着。

除夕那天早上，又风又雨，阴沉沉的天气里，忽然听到嘟嘟已经死去的消息，让人禁不住心酸——原来，嘟嘟头窝生下了两只小狗狗。那两只小狗未来得及睁开眼看看这个世界就夭亡了。嘟嘟心疼，把小狗狗舔了又舔，守着的它们一动不动，几天不吃不喝，不言不语。收留它的人家，架不住嘟嘟的过度忧伤，只好放了嘟嘟。重回楼下的嘟嘟，悲伤加上饥寒交迫，就把生命留在了那个马年。嘟嘟的母爱是用生命来体现的。嘟嘟把新生命带到了这个世界，却没能守住它，这让它无法释怀，只有跟随着自己的儿女走完了短暂的一生，给人留下了一曲母爱的挽歌。嘟嘟用生命诠释了什么叫"舐犊情深"。邻居们无不感叹。

几年过去了，又过去了多少日子，至今，嘟嘟依然让我们怀念。怀念它的坚强不屈，怀念它对儿女的深深母爱。一只小小的流浪狗，竟然让孙女和我久久不能放下。

列车前行

2011年的4月未，到北京参加了一个笔会。回来的时候，乘坐的正是北京直达温州的K101次列车。我买的是硬卧票。走进车厢，发现能乘坐66人的硬卧位，只有靠门两边的位置稀稀地有十来个人，中间的位置都空着，我对面的上中下铺也是空着的。前前后后来过北京几次了，每次硬卧的位置都是满满的，而这一次，位置怎么就这样空闲？子夜时分的车次，我打开被褥，躺下，准备睡觉——硬卧空着闲着，不该我操心。

刚躺下，脑袋还没来得及放到枕头上，只听见车厢的那一头突然热闹起来，喊声、脚步声密集了起来。脚步声，很重，喊声很浑厚，互相大声叫着、应着、挤着，很粗犷，也很有气势。拖腔拉调的南方口音，有点像唱山歌这边唱来那边和的味道。他们人人背着大包小裹，忙碌着在找自己的铺位，这里这里这里，那里那里那里，全然不顾别人的感受或根本不需要列车员对他们的指点。他们的脸上洋溢着兴奋，甚至近乎亢奋，拥了过来又拥了过去，瞧着什么都很新鲜，把窄狭的走廊塞了个严丝合缝儿。有先找到位置的，放好行李，随手就卷起裤腿，脱下鞋子，鞋面对鞋面磕拍几下，夹在腋下，然后光着大脚板，在车厢地毯上走来走去，边踩踏着地毯边说，这个很舒服的，也很软乎。也有跑到洗漱间去洗脸汰脚的，裤腿卷到膝盖，露着肌肉发达的小腿。洗过的脚虽然是擦干净的，却依然优哉游哉地光着大脚板走在车厢的地毯上——看那神情，怡然自得得很。真是宾至如归呀，就像刚从自家田里洗脚上岸回到家里似的。

那些安顿下来的，已经在吃方便面，啃着鸡爪，喝着小酒，吸着香烟了。烟气、酒香、方便面的气味交相飘荡在车厢里，久久不散。各种垃圾随之匆匆而来。过道上的垃圾箱容不下这么多废弃的盒子和熟食空袋子，先是像叠罗汉一样被叠加得高高的，一层又一层，后来又被他们远程扔进了几个，黑色的垃圾箱实在支持不了了，半截塔轰然倒下。那些盒子袋子便噼里啪啦地倒在车厢门边的过道里,红的汤、绿的水洒了一地,在那里溜溜转地画着地图——真真连个插足的地方都没有！我原先以为，这下，列车员是不是该生气了？哪有这么粗陋的？我看到列车员走过来，眉宇之间连皱都没有皱一下，十分淡定，扶起了垃圾箱，拖干了地面，一句批评的话也没有说,默默地打扫干净了事，拎着那一大包垃圾走了。

吃饱了喝足了，这些人在那里谈天说地，不但说话嗓门儿亮得很，扑克牌也甩得啪啪响，一声高一声低地笑论输赢得失……列车员来过多次催促"熄灯了，休息了，不要影响他人休息", 他们似乎听不懂列车员的话, 依然故我。还有人大声嚷嚷着, 想叫列车员给打开车厢的大灯。列车员摆出了规章制度, 没有给行方便, 他们也就作罢, 后来干脆打开手电筒摸牌、打牌, 输了了赢了, 又喊又叫, 一直闹到下半夜的两点多, 扑克战才告结束。

他们身上, 是太阳光泽的味道; 他们脸上, 是岁月留痕的气质; 他们言辞, 是奔放无忌的天性。无拘无束、自由自在的处事态度, 无不表意清楚——他们是一群农民兄弟, 而且是第一次出远门。朗朗的笑声一串接一串地响起, 他们就像在自己村头的大树下, 嘻嘻哈哈, 无所顾忌。他们有农民真性情的质朴, 也有那么一点点狡黠与放浪, 甚至还有一点点的愚鲁——我不知道莎士比亚会怎样编排他们。在我的眼里, 他们的言谈举止却有些质朴的顽钝和种田老大的霸气, 让人忍俊不禁。这些年来, 农民的日子发生了天翻地覆的变化。我猜想, 这应该是一个农民旅游团。看来, 今夜无法入眠了。我睡眼蒙眬地看着、听着这一切。可能是太热闹了, 我的关注也开始投入了些, 竟然没有感觉到列车早已启动。

我对面铺位上来的是一老一少两个妇女加一个瘦高个儿的年轻人。吃完夜宵, 像是母女的两个女人正在翻找着东西, 开始是压着嗓子说话, 可能怕吵着我。好像是说北京烤鸭买少了一只, 回去可能不够分的。母亲正在埋怨着女儿没有算清楚。我望着摊了一地的北京烤鸭和几个大大的旅行袋, 惊异于她们的消费能力—— 一袋正宗的全聚德北京烤鸭少说也得个百元大票, 我每次回去也就带二三只。两人都朝我笑笑, 说了声"吵你了", 表示了她们的歉意。我说,我根本没有睡着，只是躺着休息，没有关系的。从她们的口中得知，他们是浙江慈溪的，来北京旅游。这次到北京来的都是村里的骨干力量：有农民企业家，有养殖专业大户，有农耕大户，还有果树大王……一共49个人，在村干部——党支书的带领下，到北京来看看的。他们是坐大巴上的北京，游了五天，现在要坐火车卧铺回家，这节车厢几乎都让他们村给包了。"我们这是第一次上北京，可把我们高兴坏了。"青年妇女这样对我说。年长的妇女说："我们是农村人，没有约束惯了，走到哪里都是山呼海叫的。""是呢，我们在游完颐和园往回走的时候，累了，大家都坐在马路边上歇息，就像坐在自家田埂上一样，50来个人——导游也被我们拉下水了，一坐一长排，叽里呱啦的，从这头喊到那头，路过的人都朝我们笑呢！"年轻妇女眉飞色舞地接口说。

他们果然是农民旅游团的。起先，我还以为他们是一个乡的或是一个镇的呢，原来是一个村的！怪不得如此熟悉，如兄如弟如姐妹，毫不掩饰他们的喜悦，甚至粗率地大呼小叫。

我突然来了精神，掀起被子，坐了起来。有一种想和他们说说话的冲动。年轻妇女见我这样动作，脸上露出笑容，问我："真的不怕吵？"我告诉她们，我和她们一样，曾经是个种水稻的农民。她不相信，说我看上去像个文化人。我摇摇头，说是真的，我在黑龙江当了十年的农民，种了十年的水田，农村里的生活我很熟悉。年长的妇女是村里的妇女主任，干了几十年了，她接口就说："你是下乡的知青吧？我们那个小村子以前也来过十几个知青的……他们早早就回城了。"我点点头。"哈，我们农村现在可不一样了，起了新房子，跟城里人一样有客厅，也有卧室，办起了村工厂，跟城里通起了班车，城里有的，我们那里都有。还有城里人到我们村工厂上班的呢。"真的，媒体常有报道新农村的事：连排别墅，窗明几净。大道两旁，种花种树。青山绿水，生活美好。不知羡煞多少城里人，看着，都眼热得很。我也听说过一些知青重返农村创业的消息，此一时可不是彼一时噢。

上铺那个瘦高个的年轻人，一直站在走廊的窗边，微笑着，气质不同于刚才光脚踏地毯的农民兄弟，脸上很有些儒雅文气，彬彬有礼的模样，笑容满面听着我们这三个女人说东道西的，时不时地插上几句。我也放开了声音，问："你到哪里？"他说自己也是这个农民旅游团的。我看着有点儿不像。年轻的妇女介绍说，他就是那个年轻的农民企业家，在当地很有些名气，为家乡新农村的经济建设没少出力。他谦和地笑着说，"没有，没有"。他说，他只不过是一个高中毕业生。本来一心想考大学的，想走出农村，不再与泥土打交道的。他不甘愿再过土里刨食的生活，也不甘心继续着父辈一样的生存方式，他想要有自己的活法和生存法则。可是，他的大学梦想仅以几分之差破碎了。贫寒的父母无力再供他复读。他开始凭着自己所学的文化知识和不懈的努力，在家乡办起了一家村工厂，生产各种工艺品、礼品、小摆设，有上百种，全部销往义乌小商品市场，由此还得到了不少外商的订单。他们的产品能漂洋过海了，着实让他在家乡火了起来。现在，他的工厂扩大规模了，附近几个村里人，都成了厂里的工人，一些外加工的活还可以拿回家做，实行计件工资制，按劳付酬，按质奖励。农村人再不用背井离乡外出打工，在家门口就能赚到钱。说着，他递给我一张名片，上面有他工厂生产的主要产品介绍。

妇女主任赞扬地说："他呀，可是一个人带富了一大片呢，富了村里乡亲们，乡亲们没有不夸他的。"青年妇女快人快语："他是我们村里的有功之臣！我们这次上北京，就有他的资助。"年轻企业家挠着头有点儿不好意思地说，我原本只想自己换个活法的……也是乡亲们勤劳肯干相帮着我。我读书时就想上北京。这次能和乡亲们一起来，也圆了我的一个梦。我问，大学呢？你以后还考不考了？他略微想了下说，"学以致用"是他最终的目。至于文凭，他已经不在意了，他正在学习电子商务和企业现代化管理的远程教育课程。哦！我情不自禁叫了起来："你应该是中国的新生代农民！"新生代农民立足本土，是建设新农村的主要力量。他和那些为了新生活背井离乡的农民工是不一样的。这位年轻农民企业家身上，有着传统农民的纯朴，又有新农民的学识能力，有思想、有智慧、有理想、有追求，他丰富着自己的人生，灿烂着自己的青春，也光泽家乡父老乡亲。他的气质和礼貌，也让人感到他和他的父辈真的是不一样的。尽管是一样的岁月，尽管还是那块土地，尽管还是那块土地上生活着的人们——新生代农民的崛起，真的让我肃然起敬。

年轻农民的脸上洋溢着青春的光彩和谦和的笑容。列车，响着前行的节奏，车厢在轻轻地摇摆，车轮紧紧咬着铁轨，哐啷哐啷地走过千山和万水，一路向前。

金蟾桥上听吆喝

　　塘河上有一座桥，叫金蟾大桥，十几条线的公交车都经过这座桥，东西通达。平时，桥上车来人往，很是热闹。一到周末，这里的人行道上就成了摆摊子、做小买卖的市场。卖吃食的、卖服装的、卖日用品的、卖水产的，也有从乐清过来卖自产蜂蜜的，各种商品挤得满满的，应有尽有，品种齐全。金蟾大桥的河埠头，常常停着农家载来的应时瓜果，球菜、西瓜、南瓜、冬瓜等，也是满满的，一船一船地来。人们站在河岸上，与老大叫着砍价钱，多了少了地论斤两。此起彼伏的叫卖声，让金蟾大桥更是热闹非凡，俨然就是一个小集市。过来逛逛的，过来挑肥拣瘦的，熙熙地来攘攘着去。老百姓家家过着小日子，讲究经济实惠。一到周末，到金蟾大桥上走走的人很多，吃的用的，但凡过日子能用得上的，都会买些回家。这两天，小商贩们自然忙碌得欢实，一个个地摊紧紧挨着，各具特色的吆喝声此伏彼起。这些商贩，为了招徕消费者，吆喝的器材更为先进了，科学了，高端了。脑瓜儿灵活的小商贩干脆戴上了微型麦克吆喝。本来有些路人，只是经过这里，脚步匆匆，没有逛市场的闲情，只有在听到有自己需要的商品时，才会停下脚步，看看，是否有自己中意的便宜东西，顺便带些回去。因此，吆喝声，在金蟾大桥上尤显重要之重要。

那天，金蟾大桥地摊上，一个紧紧挨着卖日用品的外地小商贩，头戴小麦克风，在他铺满花花绿绿被单、被套的摊位上，手打着节拍且手舞足蹈，用普通话吆喝着。他的吆喝很有穿透力，让行人停下了脚步，原本冷清的摊位，被他一喊，竟然热闹了起来。他拿着花被单反复地吆喝：

一二三四五六七，

老不蒙来少不欺！

大花小花全都有，

你要看上了就拿走！

他的吆喝，很顺口，押韵，耐听，加上他的节拍，有点儿韵律。不少路过的妇女，被他的吆喝声所感染，循声来到了他的地摊前。女人们来是来了，但还在犹豫买或是不买，这小商贩好聪明，他不忙着推销，依然用力击掌，打着节拍吆喝：

看一看来看一看，

摸一摸来摸一摸

想想家里有没有？

缺铺少盖来找我。

一二三四五，

跟着感觉走！

一二三四五，

喜欢就拿走。

有主妇被他说动了心，说家里被单、被套的，多一床换洗也是好的，于是下决心买下。消费，其实没有什么好讲究的，随众，随意，随机，有人觉得好了，就买下了。你买了，她也买了。他的生意一下子就热闹了起来。女人爱挑三拣四的，有说这个好看的，有说那个美的，叽叽喳喳，各有各的道理，把地摊上的被单、被套抖弄个遍，原本摆得整齐的被单被套，乱糟糟散了一地。这小商贩不气不躁，一边整理被翻得乱糟糟的被单、被套，一边就又吆喝开了：

一个爹来一个妈，

一个藤上结的瓜，

自己看上就抱回家。

哈哈，这吆喝声坚定了女人的自信心，各自挑选自己喜欢的买下了。是啊，爹妈本来就不是一个样的。有一对小夫妻，也被他的吆喝声吸引了来。先买了被单，后来想想，要再买一床被套。到底是买二米的好，还是买一米五的好呢，两口子开始争论，女的想买大的，男的想买小的，两人相持不下。因为大小被套都是 35 元一床。女人感性，觉得买大床的划算，当然买大不买小——她是从价值角度看的，自然没错。男人理性，家里的棉被只有一米五的，当然要买就买合适的。男人说，小棉被套上个大被套岂能舒适？——他是从实际出发的，也没有错。两口子一个拿大的，一个拿小的，谁也不服谁。小商贩敏锐的目光，及时瞄到了这一幕，于是又及时吆喝道：

大的大来小的小，

任你选来让你挑，

合适不合适，

盖上舒服是真的好。

在他的简洁的吆喝声中，那个为人妻的似乎明白了"只买对的"道理，顺从了丈夫，没有再和他争执，也没有和小商贩计较大小多少，买了一床合适的带回了家。两人说说笑笑，走了。小商贩的吆喝使他的生意红红火火，他虽然忙碌，但乐在其中。忙着收钱找钱，不忘适时适意地吆喝吆喝。

那天，我本是路过，也没有打算买什么东西，听到小商贩的吆喝声，挺有人间烟火味儿的，就趸了过去。那吆喝声，节拍和着韵律，给人一种似曾相识的感觉。小时候，听惯了大街上带着腔腔调调的吆喝声，看惯了生意人的笑容满面。一丝的怀旧情愫，让我不由得停下脚步，饶有兴趣地在一旁看他做生意。他依然打着节拍，嘴里念念有词，独特的韵味脱口而出。我夸他"你好有才哦"。他不好意思冲我地笑了笑。我再问他，你曾经听过侯宝林老艺术家的相声《卖布头》吗？他摇摇头。我说，相声讲的就是做生意的吆喝——卖什么的吆喝什么。让人在笑声中获得了不少社会知识，成为相声艺术之经典。小商贩的吆喝，虽然比不上侯宝林先生的相声艺术，可也有些生活的情趣在里面。小商贩的这种吆喝，不同于临街店铺扩音机里震耳欲聋的"走过路过不要错过""亏血本大甩卖了"的喇叭叫（温州方言，大声乱喊的意思），不知道卖的什么货，听着很吓人的。有一种虚张声势的感觉，谁都知道其中的真假，进去看看的人自然不多。其实，做生意吆喝，讲究有什么吆喝什么，什么货什么价，让人一听，就知道是不是自己想要的。有点儿韵味，有点儿文气，不失一种推销的艺术。这比起那些"跳楼亏本大甩卖"的夸张来，要实在得多。

说昙花

父亲的小园子里，种着一株昙花。几十张宽而厚敦的叶子簇立着，约有一人来高，长得十分茂盛，每年开花都很积极，大朵大朵的花，彰显着俊雅与大气。早就听说昙花属名花之列，想是娇贵的主儿。不承想，她竟然在这屋檐下活得自由自在。初爆出来的嫩芽默默地有点儿红润，许是被我看得久了羞了的缘故。

父亲见我在昙花前伫立良久，便说："你若喜欢，摘张老叶子去！栽在花盆里，每天给浇点水就行——不过，不能浇得太多。"我有点儿将信将疑的，都说名花难伺候，怎的昙花就有这样随和的性格呢？心下疑惑着，下手自然迟迟的，父亲顺手摘了片老叶子递给了我。

老叶已没有新叶那种油蜡似的光，但她的朴实的确给我以信心。

回家，照父亲说的方法，把那张昙花老叶子扦插在花盆里，又淋了点儿清水。那老叶子虽然经了水的滋润，依旧显得有点儿木讷的样子，与我原来的盆栽花多少有点儿不合群。因她是新来的，头几天我抱着新鲜劲儿，总要围着那片昙花的老叶子转上几转，总是希望能发现些微的新绿。很多日子里，那片老叶子只是默默地呆立着，很孤单，与刚扦插进去时一个模样，看不出有生命萌发的惊喜和死亡将至的沮丧。这让我这个性急的人不免有点儿焦虑了。

记不得有多少日子了，昙花老叶子依然坚守着她的朴素，叶色依然是浓绿的，透露着一副老气横秋的状态。她的生命似乎是淡漠的，没有一点儿鲜活的激情，让我这旁观者都为她的生存捏了一把汗，更不敢奢望她的花事了。

可是，我不愿放弃。

依然每天给昙花老叶子浇点儿清水，不是例行公事，而是一种期待与信任。

那片昙花老叶子直直地立在岁月里，来来往往中，她还是毫无生气的木然的表情。

忽然一天早晨，在曙光初照的时辰，那片肉质敦厚的昙花老叶子被晨风摆弄了一下又一下，一摆一摇间，老叶子极富曲线的边缘上的左端，长出了一小米粒儿般的萌芽儿。那芽儿虽然极其渺小，却让我有点欣喜若狂——她活着！她扎根了！她吐新叶了！叫了这个来看，又喊那个来瞧。毕竟，那是一种新生、一种突破。大千世界，又多了一个不畏艰难的生命。那站立风中的老叶子逐日变得丰满起来，叶脉楚楚，像负重的人手臂上爆出的青筋。当第一棵嫩芽儿长到绿豆般大的时候，芽儿变得红里透绿，鲜亮而富有光泽。芽儿再大点儿的时候，模样有点儿像铁扇公主含在口中的芭蕉扇。尔后，在"芭蕉扇"斜对方，老昙花叶子的右边，又吐出一粒"小米粒儿"来。那扦插的老叶子，为托付新生命依然是筋儿直爆。叶脉凸起在厚厚的叶子上，触手可及，让人不得不感叹孕育新生命的艰难。寂寞中的等待，默默无闻的运筹，漫漫日月的追求，那种期盼以及细心的呵护，展现了新生命成长的倔强与勇敢。

新生的两片叶子长得很快，她们带着新生命的红润，迎接着岁月的风雨。两片新叶，一左一右，依偎在那张老叶子上，像亲密无间的娘仨，尽在风雨中私语。也许，新叶挨了风雨的抽打，痛了，滴着泪珠向母亲哭诉；母亲在风雨中挺着腰板，不肯向风雨低头弯腰；新叶也不再哭泣，也挺起腰板，每经一次风雨，她们都比先前要长大一圈。也许，她们可能褪去嫩生生的颜色，日后也会与老叶子一样换上凝重的绿色，但是她们会变得更加坚强。

老叶依然透着母亲般的坚毅，从有限的泥土中，吸取着营养，抚育着新叶的成长。留不住的光阴渐渐远行，老叶拼足了力量，从扎根之处，又推出一个新的生命。他是母亲生命之根的杰作，是一枝昙花圆圆的叶柄，仿佛是一个男子汉。他的出现，完成了昙花的嬗变，她们不再是宽宽的叶子的单纯组合，而是真正意义上的一株昙花了。他头上还带着扁扁的弱冠，初见世面的红泽使他身上散发出青春的活泼和阳刚的力量，不管世事多艰难，只要有挺拔的生命在，整个世界就不会寂寞。叶柄飞速地发挥着的他生命力，他年轻又漂亮，只几天的工夫，已比那三片叶子高出一头。圆润的叶柄褪去了初时的红泽，换成了与母亲一样的凝重绿色，弱冠也变成一张宽大且厚敦敦的叶子，继承了母亲的品质。以后的日子里，总有新叶子在不断地长大，又有新芽悄悄地出生。长长的绿叶，款款地盖过花盆的沿儿，有柔顺依附着的，也有亭亭玉立着的，前仰后合的20多片叶子，欢欢喜喜一个大家族。一叶以众众，可见她的繁殖能力有多强！那张老叶，低低地紧贴着花盆，她开始有些憔悴，显得有点儿干瘪。原先厚厚的叶子上，添了不少皱纹，叶缘已经发黄，但她仍然很坚强地挺立着，把养分输送给她的子女们，这是母亲对生命的承载。也许，作为母亲，她希望看到孩子们有更加辉煌的结果。尽管她很吃力，很劳累，尽管她的儿女越到她的前头，有着新生的光彩。好像是对老叶子心愿的回应，新生的宽宽的叶子边缘终于长出昙花的花蕾，依然如她的兄弟姐妹出生时的渺小和红润。花蕾生长得很快，不过几天，她的身上长满了尖尖红叶，像裹了一身的彩带，长长的花柄向上弯曲着，鼓鼓的花苞，小嘴尖尖的，很是惹人喜爱。

那张老叶子更显得老了些，而且有点儿枯黄。

由简及繁的绿色，终于唤来了美丽。红色花蕾长大了，使绿叶更加努力地工作，护花的叶脉变得更加粗，更加清晰。不负众望，花蕾长成了含嗔藏娇的美人儿。昙花小小的红嘴唇边，露出了玉齿般的花瓣尖儿——她们快开了。

晚上，月儿高照，从夜空中洒下星星缕缕的银光，清清地照在昙花身上，有点儿朦胧又有点儿浪漫。昙花是速开的花儿，在你的注目中，她玉唇儿轻启，就大大方方地打开了美丽的花朵，一瞬间，越开越大，玉容轻颤，20多个花瓣叠作三层，包在外面的花瓣洁白晶莹，花瓣的形状像天鹅公主的羽翼，披拂着紫红色的飘带，这种自然天成的色调，美得无懈可击。不得不佩服大自然的鬼斧神工。盛开的昙花，端庄，大方，清纯又优雅，其清新芬芳弥漫了整个屋子。

我呼吸着她们的气息。

温州人对昙花是情有独钟的。昙花不但美丽，还可以食疗，在民间，昙花和白木耳冰糖一起煎茶来饮，可清肺热。烧好的昙花茶散发着独有的清香。地方习俗，每当昙花盛开的时候，花的主人都会在昙花长长的花柄上扎一缕红绒绳，生怕昙花神跑了。我也给昙花扎上了红彤彤的绒绳，这种做法，可能和民间传说有关：昙花本是天上的百花神之一。她和百花一样，每天都会开放，吐露芳菲，四季灿烂。有一个年轻人，每天给她浇水、除草。昙花逐渐爱上了那个呵护她的年轻人。一次，那个年轻人又来了，昙花情不自禁，现出了真身，与年轻人恩爱生活在凡间。这件事后来传到天庭，让玉帝知道了。玉帝认为昙花破坏了花神不准下凡的规矩，大发雷霆，急派天兵天将把昙花女神抓了回去，并把她贬为每年只能开几个时辰的花，让她现不了真身，让她再难和情郎相见。玉帝还下圣旨，把那年轻人送去灵鹫山出家事佛，赐法号韦陀，让他忘记前尘，忘记昙花姑娘。民间传说，大抵相似。玉帝和王母娘娘总是让有情人好事多磨，难成眷属。

许多年过去了，韦陀在观音菩萨的教诲下，潜心礼佛，渐有所成，他果真忘了痴情的昙花。而昙花却依然想念着她的情郎哥哥,忘不了那一段岁月。当有花神悄悄告诉昙花，每年的暮春入夏的时分，年轻的韦陀总要下山为佛祖采集朝露，以煎茶供奉的时候，情意浓浓的昙花，就把开花的时辰定在这个时节。昙花把集聚了整整一年的精气神，就绽放在那一瞬间，优雅且芬芳。昙花是希望韦陀能在采集朝露之前看她一眼，能够想起她来，想起以往的美好时光。可是，千百年过去了，韦陀年年下山来采集朝露，却是年年不曾记起昙花，也就年年不曾向昙花望上一眼。昙花年年一现，只为所爱的人怒放。

故事很能打动人，又叫人有些许的伤感：玉帝终归拆了一桩婚事，使有情人相见却不能相拥入怀。

日子像绿叶，一叶一叶地消失，又一叶一叶地来了。

韦陀始终没有想起他和昙花的往事来，这让昙花很是伤心。昙花只能一年又一年默默绽放，用花朵迎接韦陀的到来和离去，她的花期也就只有韦陀为佛祖采集朝露的那个时段了。世上的人，只知道"昙花一现"是谓花期太短，一瞬即逝，却不知道有那么一个美丽的传说。"昙花一现，只为韦陀"虽然短暂，却在歌咏着爱情啊。天上人间，爱情总是美丽动人的。

闻讯而来的邻里，把昙花围在当中，静静观赏昙花一现的时光，那种鼎盛美丽的光景。昙花慢慢绽放，那特有的清香四溢开来，嫩黄的花蕊卧在花朵的怀中，就像美人刚刚醒来,探头望着这皎洁的月光以及争睹其芳容的人们。

圣洁而痴情的昙花张开了她的花朵。月光中，她不饰娇羞，也无忸怩之做作，坦然自若。我们不是韦陀，但是我们依然爱她。赏花人中有人把昙花与牡丹相比较，赞赏昙花给人的是一种清纯淡雅的美丽。她永远做不了富贵的象征，也许是她不想做。如果昙花也去和牡丹争富贵的话，赏花的人眼前仅仅多了一枝繁花，却少了一枝大胆勇敢为爱情而开的花了。继第一朵昙花绽放之后，第二朵、第三朵也相继展露笑靥，高高低低各据一叶，拥有自己展示美丽的舞台，别有风姿，更确切地说，是风姿绰约。她们没有相争又相拥的烦恼。

赏花的人被昙花的纯洁美丽和大家闺秀的气质所折服了。

午夜刚过不久，三朵昙花又相继快速关闭了秀色——昙花谢了，从绽放到凋谢，她展示的美丽只有短短的三个时辰。凋谢的昙花，花瓣也不会像其他落花随风飘荡，落入尘土。她长长的花柄轻轻地垂下来，花朵慢慢收拢，重新合成一个花蕾，一如她绽放之初的模样，唯有那花的嘴唇略略地张着，好像还有满腹的知心话要说，表现了她的痴情与高傲。我想，昙花是有点儿委屈的，她对爱情是忠贞的，她对美丽的孕育是认真的，生命的过程也是很艰难的。花朵盛开的辉煌是她拼尽了生命的积攒，一日一日不畏风雨负载过来的。

赏花的人们都散了，似乎依然对昙花短暂的辉煌表示着惋惜，留下的只有月光和月光下谢了的昙花。她没有申辩。人们把"昙花一现"比喻成一时的辉煌。这种对她生命过程的评价似乎不太公平。孕育花蕾时她常常遭遇人们的漠视与冷落。昙花也许在问：为什么人们喜欢辉煌的结果，而不注视花蕾孕育的漫长过程呢？

昙花的心事我懂的：辉煌只为美好。

成语"昙花一现"出自佛经典故，昙花是指世间难得一见的珍稀之花，世间因此就有了"寂寂昙花半夜开"的俗语，然而，"难得一见"换成"辉煌一现"的角度了，好花不常开便成了遗憾。人世间，有多少辉煌是难得一见的，又有多少辉煌是一现的？谁又能说得清楚？

月光下，谢了的昙花软软地挂在叶子上，翠尊不泣，红蓦无言，她们低垂着头，又在进行下一轮生命的运筹。再相逢的日子里，昙花仍然是一现的辉煌，但是，她的生命对苦旅是日积月累的付出，是艰辛的。人们平常看到的总是宽宽的叶子，是极其平淡的绿色。我想，有叶才有花，有平淡才有辉煌，每一个生命中，都有平淡与辉煌，有了平淡会更加衬托辉煌的光彩。辉煌是短暂的，而孕育辉煌生命的过程却是漫长的，人们不能因为一个短暂的辉煌而忽略了漫长的生命过程。

数天后，那张扦插的老叶枯萎了。不过，她的离别是高尚的。上半截身子已不再消耗养分，干枯了，倒在花盆里，扎进土里的半截仍为新生命输送着营养，叶脉还是那样清晰。是的，老叶为一现辉煌的到来，贡献了她的毕生。如果只看到辉煌，却漠视了生命的苦旅，无疑是对生命的一种伤害。

喜欢春天的绿

经过一个酷冬严寒的挣扎，故乡的大树、小草，带着累累伤痕，在几日阳光之下，开始了它们对大地的飞吻——依然是绿满情怀。很难想象，去冬的残酷，今春的倒春寒，雨雪连江，夜驾长风，啸鸣声势扫地以尽，都没能让绿的春意退缩一步。早春，还是佩戴着春光碧玉，和往年一样，按照季节的脚步重返人间。春天来了，报告春光带来明媚消息的，不只有争奇斗艳的春花了，还有那一片又一片沉默无言的绿，深绿浅绿淡绿郁郁葱葱，依依相惜相伴。春天的绿，带着生机爬满篱笆墙，爬上了枝头，爬满了才露尖尖的小草，爬满了高山与大地；春天的绿，染绿了温州大地的江河和小溪，生气勃勃。岂止是又绿江南岸啊？漫山遍野的绿，让大地重新披挂起万物生长的颜色。那绿，带着生色，赶赴大地万物生长的约会，宣告绿色春天的崛起。

如果把繁华比作她，那么，春天的绿就是他。

春花，她在绿野的陪衬下，千娇百媚，万紫千红，撑起了满园的春色。噢，不对，应该是半园春色，那半园的春色应该留给他——绿。如果没有这绿春的颜色，美丽的春花，她还会灿若繁星吗？没有厚重的绿色，春花还会那么妩媚吗？落花时节，纷纷扬扬，千娇百媚的浮华去后，韶华再难留住。面对那一地的落英，我莫名地会生出点儿说不清道不明的忧郁情愫来，有一种无可奈何花落去、何处话凄凉的感慨。由此会想起那个荷锄葬花的林妹妹凄凄惨惨，心中无比惆怅，只为春花的易老易逝。林妹妹将花比为自己，才有了这首流传百年的葬花词。见到春之落花，不免悲从心来，嘤嘤而泣"花自飘零"了。我想对林妹妹说，不要哭泣，不要悲伤，你别看这个时节繁华易褪，可是春色依然在。林妹妹泪眼相对，似有不信。我指着那层层叠叠的绿说："你看那绿，只有那绿，纤尘不染，玲珑如翡翠、如宝玉啊。他生性坚强，有着一股子野火烧不尽、春风吹又生的倔强，那就是生生不息的意志。

春天的绿，千百年的绿，留住了春的脚步，一步步走向夏季，走向成熟的季节，给人以收获的喜悦。没有春天的绿，就没有夏长"绿竹入幽径"之绝句，就没有"秋山又几重"的风景，又哪来的冬藏万粒子呢？从春回大地的绿海中，人们找到了万物生辉存在的真相；是春天的绿，带来大地上高粱的红和稻谷的金黄，带来了人们的笑逐颜开；春天的绿，尽管朴素，却分明是生命的底色啊。如果你能把繁华放下，去拥抱生命的绿色，你的怀里抱起的就是希望，一切的希望——应该是春天的情怀。

春天的绿，永远是生命力的主角。

千百年来，人们总是说红花要有绿叶配，人们固守着红花要有绿叶配的传统。春天的绿，常常被安置在配角的位置上。绿，默默无言地承受了这千百年的流俗。其实，红花和绿叶都是春天的主宰，她和他演绎着春天里的故事，该是多么浪漫的事。谁说春天的绿只有一种颜色？春天的绿，有深绿、浅绿、淡绿、葱绿、嫩绿，层次分明；绿色萌动，在阳光下闪烁着新绿的光彩，让人几多陶醉。

春天的绿，是一种干净的纯粹的绿，不沾一点儿俗尘，绿得净心明智。

春天的绿，是一种千万年不变的绿，没有虚假，绿得久远亘古。

春天的绿，是一种柔情永葆青春的绿，少了些儿暮气，绿得朝气蓬勃。

春天的绿，是一种阳刚之美，美在他默默地担当与奉献。朴实无华。

春天的绿，是一种娇柔含珠的滴翠，谁又能说春天的绿不是妩媚的壮丽呢？

是的，春天的绿，带给人们的是积极的信息，他让大树和小草都有了一个平等向上展示生命美丽的空间，让人满目舒展。

春天的绿由着性子，生长在这块我所熟悉的土地上。他没有嫌脚下的土地贫瘠而放弃努力，没有放弃对理想的追求。哪怕只有山间缝隙中的一把土，他也把根深深地扎在这脚下的泥土里，他坚信扎稳了根，才能让他向上。在春风的鼓励下，他绽放着自己的颜色，不卑不亢，不屈不挠，一年又一年。在春天里，绿绿的树、绿绿的水、绿绿的小草，勇敢地迎着不断来来往往的料峭寒风；风吹雨打，张扬着作为绿春的风采，演绎着顽强的春风吹又生的美丽诗情画意。他，他们，给大地披上了绿莹莹的新衣，担负起年年新的生命之旅。

虽然说万紫千红总是春，但我更喜欢春天的绿。

我喜欢春天的绿，是喜欢他的刚柔相济，是喜欢他的宽大为怀。无论高山大地还是江河小溪，他都能洒向人间满是绿色情义，没有高低贵贱之分。我喜欢春天的绿，绿意盎然，春色满园。他用真诚朴实唤醒人们沉睡了一冬的激情。向着那阳光，张开双臂，让人们的心情变得更加柔和安详，跟着春天里的绿，走向梦想，走向希望的田野，走向收获的季节。

印象河姆渡

多年前，我正在撰写《温州工艺美术》书稿。我是从一大堆的资料里找到了河姆渡的。因为她的久远，因为她的灿烂，因为她的丰富，让我很是向往。于是，我们便有了交集。在温州东方道德文化学会考察之旅，我参观了河姆渡博物馆、河姆渡遗址、河姆渡口、河姆渡遗址发掘地、河姆渡干栏式建筑以及她和他们的生活。就这样，我沿着长长的，有着点儿故意的历史味道的木栈道，走进了 7000 年前的河姆渡人家。

河姆渡文化遗址位于余姚市的河姆渡镇。这里有河姆渡的起源说，河姆渡原本叫"黄墓渡"，渡口人来人往。一位富有爱心的乡绅黄公出资，让来往的人可免费乘坐渡船，过渡的人对黄公十分感激。黄公死后，就埋葬在渡口的山上，这渡口遂叫成了"黄墓渡"。由于余姚方言中，黄墓渡与河姆渡是谐音，很难分辨，黄墓渡渐渐演变成了河姆渡。

河姆渡文化遗址约有 4 万平方米文化堆积层，厚度 4

米左右，上下叠压着 4 个文化层，经测定，年代为公元前 5000 至公元 3000 年，最下层的年代为 7000 年前。遗址是 1973 年被发现的，经两期发掘，合计发掘面积 2800 平方米，出土文物 6700 余件，为研究江南农业、畜牧、建筑、纺织、艺术和中华文明的起源，提供了珍贵的实物资料，因此被命名为"河姆渡文化"。她是我国目前已发现的早期新石器时期文化遗址之一，反映了中国原始社会中母系氏族时期的繁荣景象。河姆渡遗址被发现后，在海内外学术界引起巨大反响。河姆渡文化主要分布在杭州湾南岸的宁（波）绍（兴）平原，并越海东达舟山岛。河姆渡文化的发现与确立，扩大了中国新石器时代考古研究的领域，说明在长江流域同样存在着灿烂和古老的新石器文化。

我和朋友沿着栈道，走在这个 7000 年前美丽富饶的地方。那一片年代久远的根根木桩，尽管木桩多有朽坏，依然坚持着向蓝天、向阳光，诉说着几千年的历史——氏族公社繁荣时期人们的生活情景、母系社会的安宁静谧。我们走过了古井，这个生命的源泉，"井"字的象形，文字的初始。我们，总是喜欢追根溯源，现在的生活留有多少的谜面，我们就喜欢去揭开多少谜底。

研究历史的人多喜欢研究陶器，因为那上面有着太多祖先生活的密码。河姆渡有那么多的陶器，蒸藜炊黍，无不是陶器。跟着陶器的主人——河姆渡人，我们从 7000 年前走过，5000 年，4000 年。我们从软陶时期来到硬陶时代，从素面陶器到装饰着美丽花纹的陶器玉器。陶器上，刻画着几何花纹、动植物形状的图案，诉说着祖先对美的追求，对工艺美术的探究。

河姆渡人在讲究实用的基础上，又对陶器进行了造型艺术的创新，有敛口或敞口肩脊釜、直口筒式釜、颈部双耳大口罐、宽沿浅盘、斜腹盆、环形单把钵、大圈足豆、盆形甑等。这只盆形甑让我思绪万千。那个时代，蒸煮食物就已经分上下两层了，下面烧水产生的蒸汽透过甑上面排列规整的小孔，向上升腾，可以蒸熟或蒸热食物。尽管盆形甑是几千年前的炊具，可是它的制作原理以及采用蒸汽蒸熟食物的方法，直到现在人们还在使用。我看着盆形甑，心里无限感慨。几千年来，我们的生活习惯依然沿袭着祖先的创造，只是材料不同而已。鸡冠耳釜、牛鼻耳罐、镂孔豆，又让我看到了丰衣足食后的河姆渡人，对美好生活的追求，讲究精神生活享受的一面。在这里，发现了以象牙雕刻为代表的原始艺术品，有装饰品，有首饰，还有佩戴的玉玦。

原始艺术品可分为独立存在的纯艺术、集实用和观赏于一体的装饰艺术两大类。而后者，正是工艺美术的前期表现。这些艺术品，充分表达了河姆渡人的审美情趣和文明程度。在这些艺术品中，最让人景仰的是那件象牙雕刻件，上面的图案是"双鸟朝阳"，它几乎是整个河姆渡人的文化艺术精神的标志。这件艺术品应该是这个氏族的图腾，记录了河姆渡人对太阳的崇拜。器物正中采用沉刻（阴刻）的技术，刻有五个同心圆，沿外圆的上部，刻有烈火焰纹，在烈火图案的两侧，各刻有一只圆目利喙的"鸷鸟"，它们相对而视。画面布局严谨，有构思有谋篇；雕刻的线条虚实结合，很有创意，看上去很美。其图画寓意深刻，表现的是"太阳与鸟"的主题，表达了先民对太阳的崇拜。太阳鸟的艺术表现形式，在长江流域的考古中也有发现，除去时间上晚于河姆渡外，其表现的造型艺术也是不相同的。两只雕刻得一模一样的鸟，仿佛隐隐约约在向我诉说着什么。根据工艺美术中剪纸艺术历史的发展脉络，我的推测是，河姆渡人在那个时代，可能已经掌握了"对折剪纸"的技巧。尽管她们使用的原料不一定是纸，或许是其他可以替代纸的原材料；她们手里可能还没有剪刀，但她们的手里肯定有了刻刀，而且掌握了对折以求对称的造型艺术……想到这里，我真的有些激动。不必在乎有人说是鸟在孵蛋，象征对生命的崇拜。也不必强调该器物具有强烈的宗教图腾的意义，就从其工艺美术的角度讲，河姆渡人已掌握了复杂的手工艺创作技巧和图案精美的艺术作品。这里，还出土了纺织工具，种类齐全，有纺轮、绕纱棒、分径木、经轴、机刀、梭形器、骨针近十种。我们的祖先有了爱美之心，她们纺纱织布，穿戴整齐，防寒遮羞。

我和朋友走到河姆渡人的干栏式建筑群里，这里是几座被众多木桩托起的半截楼房。河姆渡文化遗址经两次发掘，发现大量的干栏式建筑遗迹，特别是在第四文化层底部分布面积最大。建筑专家根据桩木排列、走向推算，第四文化层至少有 6 幢河姆渡人的建筑，其中有幢建筑长 23 米以上，进深 6.4 米，檐下还有 1.3 米宽的走廊。这种长屋里面可能分隔成若干小房间，供一个大家庭居住。清理出来的构件约有几百件，主要有木桩、地板、柱、梁、枋等，有些构件上带有榫头和卯口，这说明当时建房时，垂直相交的接点较多地采用了榫卯技术。现在在农村和少数民族地区还可以见到这种干栏式的建筑。我们走进了这座经过复原的建筑，走进了她们的生活：有人正在织布，有人正在雕刻，有人正在纺纱，有人正在放牧，有人正在建屋，有人正在农作，孩子们正在嬉戏……

河姆渡第四层较大面积范围内，普遍发现稻谷遗存，有的地方稻谷、稻壳、茎叶等交互混杂，形成 0.2 ～ 0.5 米厚的堆积层，最厚处超过 1 米。稻类遗存数量之多，保存之完好，都是中国新石器时代考古史上罕见的。经鉴定，主要属于栽培稻籼亚种晚稻型水稻。它与马家浜文化桐乡罗家角遗址出土的稻谷年代都在公元前 5000 年，是迄今中国最早的两例稻谷实物，也是世界上目前最古老的人工栽培稻。这对于探讨中国水稻栽培的起源及其在世界稻作农业史上的地位，具有重要的意义。谁知盘中餐，粒粒思远古。世易时移，是稻米和艺术养活了几千年的江南水乡。

男儿花

文人笔下，女人如花。或红，或粉，或白，是以花的万紫千红来比拟女人的美丽；或牡丹，或莲花，或水仙，是以花的千姿百态来比拟女人气质。可我总是觉得，只把女人比作花，这个世界是否就有点儿偏狭了呢？是不是应该也有一种充满着阳刚气质的花儿来比拟这世界上的男人呢？朋友们听了后，只是嗤嗤地笑，觉得我这人想法有些古怪。不过，还好，她们说，你去找找看吧，也许是有的呢。

这个世界上，应当有一种具有男人品格的花的，它应该是：花朵大气而不娇艳，枝干挺拔且阳刚十足，它不媚俗，帅气而有理性，这该是种什么样的花呢？

……多少年过去了，总想找到我心中的男儿花。尽管寻寻觅觅，只是没有中意的。

……多少年又过去了，有一个人却是让我很难忘记。尽管相隔遥远，他总是我的一份沉甸甸的牵挂，这十几年他过得可好？

那是1998年初冬的时节，我收到全国大众文学年会的邀请，赶到了湖南韶山。这次年会，有来自全国 20 多个省份的 80 多人参加，都是对文学痴迷的人，其中不乏自成一家者和功成名就者，当然，也有刚出道的或是像我这样的文学追随者。大家济济一堂，谈论大众文学的发展方向，谈人生体验，歌颂真善美，鞭挞假恶丑，仿佛这大千世界就在我们这些人的笔尖上。

我们很快活，因为有了文学，全然没有了愁绪，觉得自己是那样的超然物外了。

然而，有一件事情，又将这些出窍的灵魂拉回到了现实中来，我的心被一个年轻文友的故事深深吸引住了：小张，一位出生于 1979 年的文学青年，来自湖北省秭归县的大山深处。他在介绍自己的时候，说自己是个山里娃子。他说自己的家乡很美丽，但是也很贫穷，他是自费来参加这次年会的。为了参加这次年会，他慈爱的母亲特地变卖了家里唯一的一头猪给他作盘缠。他说这话的时候，可能有些激动，喘着粗气，有点儿上气不接下气。他那身深蓝的西服有点儿大，不太合身，在他说话的时候，随着他的肢体摆动，不听话地晃动着。他一米七几的个头，瘦瘦的，浓眉下是一双大大的眼睛。而他的脸色有些发紫，让人感到他好像有点儿冷……

他的体质可能不太好，我这样想。

中间休息时，我找到他，去握他的手，他的手冰凉。我看了看他的手指，十根手指头成了十个小鼓槌棒。我小心翼翼地问他身体情况，他却十分从容地告诉我：他患有先天性心脏病，且已到了晚期。他的心脏病主要有房间隔缺损严重、室间隔缺损、三尖瓣闭锁等。就是这样的身体，他仍对文学不言放弃，执着地追求着，让人感动。

我问他："为什么要这样？"

他回答我："我只是想，为社会做点有益的事。"话语中透着男儿的血性，有种！

我无语，只是感到心律过速。我在心里说，小兄弟，你是一个多么坚强的男子汉哪！

听小张说，他只读到了初中二年级，就因为身体的原因休学了，依依不舍地离开了学校，回了家，他考大学的梦想自此也被浇灭了。我为小张感到惋惜，轻轻叹息他的不幸，犹豫着半天说不出一句话来，不知道该怎样去安慰他。小张却不颓丧，为能够参加这次笔会而感到高兴，他依然笑呵呵的，眼睛里闪烁着自信的光。他说不会放弃自己的志向，只为着一个文学的梦想。

依小张的身体状况，他不能下地干农活。在吃药养病期间，他惜时如金，读了不少中外名著。拿不动锄头的他，自此拿起了笔杆子。可是，文学梦想是养不活人的，他得有自己的生存技能。为了养活自己，他学会了修理电器。小张是个很有抱负的青年，养活自己不是他最终目的，他立志要为改变家乡的穷困面貌，要为秭归的父老乡亲奉献自己的绵薄之力。他说："只要我能做到，我一定去做，大山虽然没有给我一副好身板，但给了我无限的温暖，我是大山的儿子。"难道他不知道自己的病情吗？他说："生命不在于长短，而在于它的价值。"他还说："他要对得起生他养他的大山。"在秭归，他经常行走在乡间，走村串户给乡亲们读书，读报，讲一些法律知识。对村里存在的不公平、不合理的事，他会勇敢地伸张正义。他在充分利用自己生命中的分分秒秒。那该是怎样一种心境呀。他的言行总会让人想起那些在大都市为名利奔波的浮躁的人来，两种追求，两种人生，两种结果，肯定是两种色彩。

听小张说，在村子里，曾经有一位村干部，仗着手中的那点儿权力，变着法地欺压老百姓。有人把这事告诉了小张。小张坐不住了，他拍案而起，不顾医生"不能劳累和激动"的劝告，用奔涌的热血奋笔疾书，他把事情的整个过程写成稿件，投到中央电视台《焦点访谈》栏目和北京的一家新闻媒体。很快，中央电视台《焦点访谈》栏目组的编辑给他回了信，鼓励他继续用笔来揭露丑陋，用文学作品来鞭挞恶行。北京的那家新闻单位在接到小张的稿件后，专程派两名记者来采访调查。最终，村干部欺压村民的事得到了彻底解决，还人心于公道。小张因此受到了父老乡亲的夸奖、爱惜和呵护。说起这事时，小张依然紫色的脸上，挂着淡淡的笑意。他做到了，他没有食言，他为他的父老乡亲们奉献了他的绵薄之力——大山儿子的一颗心。

小张是深山里一颗希望的种子，不怕风吹雨打，顽强、坚毅、自信，植根大山深处，向着明天快乐地成长。

我被小张的故事深深地感动了，被他对乡亲和大山朴实的真情感动了，他的精神也激起了我的满腔热血，思绪也随之飘散开来：都是秭归县，古有屈原以身殉国的坚决，也有王昭君敢于为家国远嫁，担当起一个国家的命运之使。

她宁可远嫁，也不肯给毛延寿们点"金"，其凛然正气、不屈不挠的精神为历代人所赞颂，虽然这是个历史传说，但也成为千古美谈。今有小张敢为乡亲们伸张正义，不畏权势。小张是用自己的生命维护着家乡的父老乡亲。我久久握着小张那双凉凉的手，不停地摇着，摇着，一个劲地摇动着，此时此刻，一切语言显得多么苍白啊。

文友们去参观毛泽东、刘少奇、彭德怀故居的那天，太阳暖暖地晒着，我和小张走在一起，他仰望着蓝天，蓝天上有几朵白云飘过。只听他在喃喃自语，又像是说给我听的："真想到大学的图书馆去打工，那样，我能读到很多的书，对我的学习创作更有好处……"不知为什么，我听了以后泪落如连珠。我知道，就他目前的身体条件，任何一家单位都不会接纳他的。小张想为社会做些有益的事情，激起了他强烈的求生愿望。治疗小张的心脏病，需要四万多元，这个数字，对于一个山里的人家来说，就是一座高高的山梁，是很难攀越的。就在他也需要别人救助的情况下，1997年中央电视台举行赈灾义演中，小张竟毫不犹豫把身边仅有的30元钱捐给了中华慈善总会。钱不多，也许灾民不会知道小张的情况，或是压根就不会认识小张这个人，可是他却是用心在做这件事。这不是壮举又是什么呢？有什么比这颗心更重的吗？他理性，他坚强，他有一颗博大的爱心！文友们被小张的故事激励着，大家出于对他的关心，也纷纷捐款给他，这让他深为感动。小张有点儿不好意思，想不收，但是大家一致同声地说："收下吧！收下吧！"其实，这点儿捐款，只是文友们的一点儿心意，是派不上大用场的。

　　繁华竞逐的人生色彩，都会在历史的长河中涤去颜色，或者淡化，而小张的故事虽然过去多年了，但令我至今不能忘，每每想起，心中就有一份牵挂，不知他这几年身体是否会好些？生活是否会好些？他的家乡是否会好些？不管怎么说，改革开放使国家这几十年来发生了很大变化，小张的家乡也应该如此。我总觉得，小张家乡高高的青山上，大片的向日葵正含苞欲放。正是早上八九点钟的光景，他笑容满面，和向日葵一起，迎着冉冉上升的太阳……我忽然觉得，我找到了心中的男儿花了：他是大气的；他的花瓣是灿烂的；他的花蕊是棕色的；饱含着对人生的体验的果实；他的茎是挺拔的。他每天捧着花盘迎接来自东方的第一缕阳光。是的，这应该就是我要寻找的"男儿花"——向日葵，他有光明磊落的品质，有对大众充满爱的情怀，忠诚、勇敢地去追求自己的梦想。

白兰花飘香的季节

　　每天，我沿着长长的学院路匆匆忙忙去上班，又沐浴着西下夕阳急急切切回家，天天如此，成了一个不变的定制。日子长了，习惯成自然，对路上的一切似乎都习以为常，车来人往，熟视无睹。

　　有一年的春季，正是鲜花盛开的时节，学院路的空气中飘荡着一种甜甜的花香，沁人心脾，怡情悦性。"是白兰花的味道。"我惊喜地寻找着花香的源头，东张西望，这才发现，学院路的行道树基本上是以白兰树为主，间隔着少数的榕树。一到春秋两季，白兰花开时节，长长的学院路面上便弥散着这种甘甜的香味——香在心头，甜美至极。从此，上下班的时候，我的这双眼睛便有了走神的地方。

　　那一天下班，一路上闻着白兰花甜甜的花香，眼睛又开始东瞧瞧西看看的：夕阳西沉，晚霞红云，绿树白花，赏心悦目。微风徐来，鸟语花香，沁人心脾，美不可言。这样的美景下，能不寻花绕树行？！我真的有点儿陶醉了。正行间，发现前面有一对老夫妻，正手牵着手漫步，缓缓地行走在白兰树下，轻声轻语，说着悄悄话。时而，两人相视而笑，时而驻足树下，尽情浏览着盛开的白兰花，闻闻花香，而后又双双抬头，对着亭亭如盖的白兰树指点评说。老妇人的个子稍矮些，常常要踮起脚尖来去闻花香。老先生不待老妇人开口，循着她的目光，则轻轻地把树枝向下拉一拉，让老妇人又看又闻又端详。老妇人很是喜悦，满脸尽是笑意，一脸的幸福洋溢。

她，身穿一件米色的风衣，一条浅条纹玫瑰红的丝巾松松地围着，花白的头发，中波浪的发型，人显得很精神。穿着打扮是一个人的生活品位，我揣测老妇人是一个很爱美也会美的人。她的丈夫则是一件比米色风衣略深一些的土黄色夹克衫，立领上镶有橙色和黑色细格子布的装饰，亦是花白的头发，理着三七分的发型，戴着眼镜。从年龄上看，他和她应是古稀之人，是退休赋闲在家多年的人。从文质彬彬的气质上看，他和她，曾经从事的可能是文化教育方面的工作。也许不是。这个，于他和她，已经不重要了。他和她，只是执手相看，在团团如盖的白兰树下漫步，身披霞光，细闻花香。他和她，只是双目相对在白兰花的香韵中流连，轻声慢语。

此后，在金色闪闪亮的朝阳里夕阳下，婆娑的白兰花绿树丛中，总能看到他和她：一高一矮，两手紧紧相牵，红霞的光彩，映照着他和她长长的身影，缓缓而行。他和她，把人间伉俪情深演绎得动人心魄。"最美不过夕阳红"，多美的诗画意境，好美的景致，这是一幅美丽的水彩画啊！我真的很羡慕。

以后，在这条学院路上，上班，下班，都能看到这对老夫妻牵手从白兰花树下漫步走过的身影。他和她，与棵棵排列的白兰花树相映，成了这学院路上一道最为美丽动人的风景线。人们从他和她的身边走过的时候，都会定睛或深情地望上一眼。那眼神里，流露出几多的赞赏，流露着："我们老了以后会像他和她一样吗？"或"我们老了以后能像他和她一样多好！"以前，我怎么就没有发现呢？是行色匆匆？似是又不是。可能，是心境，因为，一年又一年，人都有老了的那一天。

一次下班回家，我正好与他和她相遇，碰了个面对面。当时，我的心中突然涌上了一股子莫名的冲动，很想问问他和她的爱情传奇；他和她几十年共同经历人生风雨的故事。转而，又觉得太过唐突，终未开口。我识君，君不识我。尽管学院路段的人行道很宽敞，我依然是伫候着他和她缓缓从我的身边走过去，走过去，一直目送着他和她渐行渐远，消失在十字路口的拐弯处……心里渐渐地平静下来。他和她，怎么也不会想到，两人的散步和那情至自然的牵手，已让他们成为平民百姓眼中的恩爱明星。他和她之间的密密细语，也是人间最为美丽的歌谣。这样的宁静与淡泊，是谁也不忍打扰的。是的，岁暮夕阳，留给上了岁数的人是多少有些悲怆的，再美，也是西边的太阳。老人们常用"万事休"来形容岁暮的至日，又用"养老"来解说人老了后的无所用心和无奈，言辞之间的酸楚，对生活的热情逐渐消退，也只有用"人老了，没用了"来做表述。

而他和她，生活在甜甜蜜蜜的晚年里，爱情依稀似青年。以后，在这条长长的学院路上，我都能看到他和她手牵手的身影与两人轻言慢声交流的情景——他和她依然是那样的美丽。美丽成像，永久地让人铭记。每每碰到他和她双双从我面前走过时，我的心会激动得怦怦跳，脑海里常常会翻腾起《诗经·邶风·击鼓》之诗句来：击鼓其镗，踊跃用兵。土国城漕，我独南行。从孙子仲，平陈与宋。不我以归，忧心有忡。爰居爰处，爰丧其马？于以求之？于林之下。死生契阔，与子成说。执子之手，与子偕老。于嗟阔兮，不我活兮。于嗟洵兮，不我信兮。执子之手，与子共著，执子之手，与子同眠。执子之手，与子偕老。执子之手，夫复何求？

古诗描述的是一对年轻夫妻的离愁别意，由于战争的发生，丈夫在战鼓的催促之下，不得不跟随孙子仲去南方征战，夫妻这一阔别竟然是多年。丈夫想，什么时候能回家与爱妻相聚呢？也许会战死沙场呢，那就是长别离了。想起生死之别，当丈夫的忧心忡忡。因为他曾经面对妻子立下了"执子之手，与子偕老"的海誓山盟。如果丈夫回不来了，妻子是不是还相信誓言呢？丈夫说，如果我这一辈子与妻子你手牵手一起相守老去，作为丈夫的我还有什么奢求呢。古诗，给当代人描绘出的是多么精彩的人生画卷；爱情的至善至高境界啊！人们为之追求了上下几千年，似乎更加思念起"执子之手，与子偕老"美妙的人生和爱情来。"我能想到最浪漫的事，就是和你一起慢慢变老，我依然是你手心里的宝……"

白兰树树影婆娑，风吹树叶沙拉拉地响着，是它们唱的情歌。夕阳西沉，晚霞红云里，高高的白兰树荫下，老夫妻执子之手两相看，情深意长双目明。他和她，充分地演绎了古诗对爱的钟情、浪漫爱情的意境。也许，他和她，曾经有过"执子之手，与子偕老"的海誓山盟；几十年间，他和她，曾经为了生活而四处奔波；曾经为了生存有过惜别离长相思；也许，还有更多更多的人生坎坷与风雨，他和她，都一步一步地搀扶着走过，直到慢慢变老，仍然不忘执子之手，与子偕老。两情相悦，此情绵绵无绝期。他和她，心中还荡漾着生活的激情，还有着爱惜春天的芳心。

其实，人老了的岁月里，依然有着精彩和浪漫。

香椿芽炒鸡蛋

　　香椿芽，其实是香椿树的嫩芽，为木本蔬菜。每年谷雨前的香椿嫩芽是最适宜制作美味佳肴的，可做多道菜，凉拌热炒腌制总相宜。曾经吃过母亲做的香椿芽炒鸡蛋，令人久久难忘。这个菜，虽然简便易烹饪，但是，那个香味，至今回味起来仍让人口有余津，美味可心。

　　我七八岁的时候，我们一家人住在杭州市文一街。旁边的一家菜场，时不时地会有当地农民采些香椿芽来卖。父亲很喜欢吃香椿芽做的菜，因此，母亲买菜的时候，只要碰巧有农民在卖香椿芽，都会买上一小把。依稀记得母亲说过，这香椿芽一角钱才一小把，意思是嫌它贵。当季的香椿芽非常之鲜嫩，连芽带秆不过十多厘米长，红叶绿芽，油润而富有光泽，很是好看。母亲总是把香椿芽细细地切碎放进碗里，然后再打上两个鸡蛋，放上盐，一起打散拌匀；等油锅冒出烟，再把准备好的香椿芽和鸡蛋一起倒入油锅里。只听见热油锅"滋啦"的一声响，一股特有的香味便随着锅里冒出的热气四散开来，先是弥漫了整个厨房间，然后又飘向走廊。闻到香味的隔壁邻居就会说："贾师母今天又在做香椿芽炒鸡蛋了。"

因为父亲爱吃，每年的春季，母亲做的香椿芽炒鸡蛋便成了我家餐桌上必备的一道菜。久而久之，我对这道家常菜亦情有独钟。我喜欢香椿芽那种浓郁扑鼻的香气。那种香，在饱餐之后多时仍然久久不舍离去，唇齿留香，给人一种心满意足的感觉，似乎比吃大餐还要来得过瘾。

我 14 岁那年，由于父亲的工作调动，一家人从杭州来到了温州。温州的菜蔬很丰富，但就是独独没有香椿芽。每年春季，尽管我母亲把附近的几个菜场都找遍，仍然不见香椿芽的踪影。我家春季的餐桌上，从此少了这道美味，这让我父亲略感遗憾。日子久了，一家人把香椿芽炒鸡蛋这道菜渐渐地锁在记忆里，母亲也就不再寻找与提及了。时隔多年，春季的一天，父亲打电话来，让我们兄弟姐妹周日务必一起回家，于是个个拖家带口地回去了。中午饭必定是在父母家吃的。当母亲把一大盘香椿芽炒鸡蛋端上桌子的时刻，那久违了的香味忽然让我们欢呼了起来，忙不迭地追问"哪里来的？"我们欢乐的情绪感染了父亲，他喜笑颜开地向门外努了努嘴。我们这才发现，离休后的父亲在屋后开辟了一个小园子，不过四五个平方米大，而最外面的一圈挺拔且直的、裹着银灰树皮的就是香椿树，树上的嫩芽依然富有光泽，在阳光下，熠熠闪亮。尽管从小就吃香椿芽，但今天才真正认识香椿树。我们今天吃的香椿芽炒鸡蛋这道美味，就是它们提供的嫩芽。

每年的春季，香椿树都会繁殖发芽，它的繁殖近似于竹子，根蔓延到哪里，哪里就会长出新树苗来。其习性又类似于杨柳，插枝就能活，生命力相当顽强，又随遇而安，适应性很强。自此以后，每年的春季，我们兄弟姐妹都会约好在周末的一天一起回家。我们家的餐桌上，又恢复了香椿芽炒鸡蛋这道私家菜。哦，好香，母亲做的香椿芽炒鸡蛋，吃得我们笑脸舒展。

一个春季只此一餐，这样似乎有些不过瘾。我向父亲要了一条半老不老的香椿树枝条，按两个芽头剪成一截，把它们扦插到花盆里，希望它们能快乐地成长。其实，香椿能不能插活，我心里真的没底。此前，从来也没有听说过有盆栽香椿的。没承想，不过半月，这个尤物竟然发芽了，嫩芽初成，好像一粒小小的芝麻，一天天地舒张开来，仍然是那样红叶绿芽，而且成活率百分之百。这香椿竟有如此顽强的生命力！曾经听一老者说过，凡生命力顽强的动植物对人体大多都有补益。香椿芽属时令名品中之木本菜蔬。在中医的眼里，它具有清热利湿、利尿解毒之功效，又可健脾开胃，补阳滋阴，抗衰老，保健，美容，可见其佳。香椿芽的食用记载，最早见于唐代的《唐本草》《食疗本草》。由此说来，中国人吃香椿芽最起码也有1300多年的历史了。记得小时候，也曾读过一本连环画，书名记不得了，却对书中的情节记忆犹新，那是说，当地的穷苦农民灾年采摘香椿芽为生，官吏逼迫农民进贡给皇帝的故事。这小小的香椿芽，竟然连皇上都视之为美味了——万人之上的皇帝，享尽天下的美味佳肴和山珍海味，却也偏好这一口。

到了第三年的春天，插活的香椿树苗已经爆出了很多的嫩芽，我也迎来了可以采摘的丰收时节。谷雨前，我把嫩嫩的香椿芽采摘下来，扎成一小把一小把的，除了自己学着母亲做香椿芽炒鸡蛋这道菜外，还把它们分送给好友。

这几年，都是春季里有美味香椿芽炒鸡蛋的日子。

父亲的年事已高，小园子里的香椿树都长疯了，再难采摘到。母亲的香椿芽炒鸡蛋的美味又渐渐锁进我的记忆中，成为珍藏在心灵上的母爱味道。有一年春天，我与夫君同去杭州西湖游玩，进餐的时候，想起"香椿芽炒鸡蛋"这道杭州家常美味来，便点了这道菜，作为对少时在杭州生活的回忆。这家酒店果然有香椿芽炒鸡蛋，端上来时，香椿芽虽然碧绿，闻着也香气袭人，但吃到嘴里却有些发柴，老了许多，口感也差了许多。我们去的时节早已过了谷雨，那家酒店还能做得出香椿芽炒鸡蛋这道菜来已实属不易了。只是，与我母亲做的香椿芽炒鸡蛋的味道相比，却远远不及。母亲做的香椿芽炒鸡蛋，虽是家常之味，其香，总是铭记在女儿的心上，很难忘。

—— 朝露夕雨 ——

水中有个月亮

　　"天上有个太阳，水中有个月亮。我不知道，我不知道，我不知道……"这是刘欢的歌《心中的太阳》里唱的。每次听到这首歌中那一句"水中有个月亮"时，往往会勾起我对祖母的回忆。是的，那一年，那一个中秋夜，那一个水里的月亮。

　　中秋节，祖母和母亲一起忙乎过节的佳肴。在小孩子的眼里，大人们好像很在乎这个节。家宴的菜式不必多，月饼却不能少。

　　父亲喜欢古诗，喜欢中国传统文化。中秋节在他的眼里，自然是个大节。讲究月儿圆时人团圆。唐代，中秋节赏月之风盛兴，并有了各种各样月神的传说和民间故事。为了证实团圆意义的重大，便有了唐明皇游月宫会月神杨玉环的传说。唐代诗人以咏月为时尚。当然，最为有名的还是李白的《静夜思》——床前明月光，疑是地上霜。举头望明月，低头思故乡。故乡，那是自己的亲人所在、乡愁所在，因此，也就有了"每逢佳节倍思亲"的情感缠绵了。

其实，父亲说的，我根本就没听懂。只有李白的《静夜思》几乎成了童年时期的经典诗歌，我虽不解其意，却能摇头晃脑地背诵。

大人们忙乎着过节的琐事，小孩儿为有月饼吃而高兴得欢呼雀跃。

中秋节的傍晚，月亮还躲着云里没有出来的时候，祖母就会端来一大盆水，平平地放在院子水泥地上。大水盆里水波微漾，祖母又会在水盆旁边放一个方方的小几子。我家那时候人口少，弟弟妹妹尚未出生。父亲母亲祖母加上刚记事的我，就围着小几团团坐，正好团团圆圆。几上放着月饼、菜品、我的小零食，还有父亲的一大杯热茶。我那时尚不懂得何为赏月，但对那盆水感到非常好奇，总想去撩水玩。祖母不让，说让水静下来，静下来，一会儿好观看十五的大月亮。这让我非常惊奇，问：奶奶，天上的月亮，会跑到我们家的水盆里来吗？祖母说：你别动它，月亮就会跳到水里来。这又让我越发地好奇了，跷着脚丫子就盼望着月亮快快出来。一会儿抬起头来看看天，一会儿低头看看大水盆，一会儿再去问问祖母。看见盆里有朵朵云开，就是不见那个月亮。我有点儿着急，那份急切，好像怀里揣着几只小兔子，又抓又挠地让人无法安静。祖母和父亲母亲说着那些老家的事、老家的话。他们说些什么我没往心里去。我的两只眼睛直看着盆里水里。他们的话题常常被我打断：奶奶，那月亮怎么还不来呢？显然，我等月亮等得有些心发慌了。

盼呀盼，星星来了，月亮在我的期待中果然来了。它那银白色的圆盘，慢慢地在夜空中穿行，在白莲花般的云朵里穿行，明晃晃地落在了我家的大水盆里。我一见，高兴得蹦了起来："快看，快看，月亮真的来了，在水里！在我家的水盆里。"我抬头看看天上，月亮还挂在高高的天上，低头看看水里，水里还有一个月亮。它们两个一模一样。我高兴得手舞足蹈。祖母和父亲母亲也放下了老家的话题，开始吃着月饼，赏月，看看天上的月亮，望望水中的月亮。

八月十五月儿明。天上的月亮太遥远。水里的月亮要比天上的更好看，水灵灵的，就在我的家。我围绕着大水盆转呀转。祖母一边赏着水中月亮，一边指着月亮里的影子告诉我：在那个大大的月亮里，住着一个美丽的嫦娥仙姑，还有一只大白兔在不停地捣药。月亮里还长着一棵高高的桂花树哩，有个大男人在使劲地砍树，可总也砍不断……祖母有一肚子的民间传说。我问：那，大树要是被砍下来呢？会不会从天上掉下来？祖母说：掉不下来。天上的月亮越爬越高。我的好奇心终于按捺不住，趁祖母不注意，双手悄悄地伸向水中的月亮——我只是想抱一下那个月亮。我的手刚伸到水里，没想到却弄乱了一盆清水。月亮被水波搅得碎如银花，又随波扭曲，不再是那个圆圆的月亮了，而是一个舞影零乱的月亮了。我惊慌了：我家的月亮不高兴了，我想抱一下月亮的念头也摔碎了。祖母责怪了我是如此好动。正不知所措呢，抬头看看天上，天上的月亮依然皎皎，圆圆。我想不明白水里的月亮为什么就碎了呢？

读小学的时候，语文课本里有一则寓言故事《猴子捞月亮》。这篇课文激起我极大的兴趣，尽管有些生字还不认识，可是我读了一遍又一遍，因此印象深刻。课文里的小猴子，和我一样，发现水中有个月亮，大喊："月亮掉进水里了。"明晃晃的水里的确藏着一个月亮。一群猴子见了很着急，它们一起想办法，要把月亮从水里救出来，让它重新回到天上去。小猴子们在老猴子的指挥下，手牵脚勾，挂成一串，最后一只猴子攀附在树枝上。小猴子挂在最下边，由它去捞月亮。小猴子的爪子刚伸到水里，结果可想而知，水中那月亮倏然变脸。小猴子怎么也捞不着那个圆圆脸的月亮了……后来，老猴子抬头，发现月亮依然挂在天上，猴子捞月百忙一场啊。读到这里，我忍不住"噗"地笑出了声。小猴子干的这种傻事，我也干过呀！猴子捞月亮的结果我早已了然于胸，不过是一场徒劳。哈哈哈，被视为灵物的猴子，竟然也有犯傻的时候。课文的教义无关紧要。上语文课的时候，同学都很兴奋，老师的提问，牵引出一双双小手高高举起。这一节课，收获快乐无数。

一年又一年的中秋节，祖母走了，父亲走了，母亲也走了。每逢佳节倍思亲，中秋之夜，遥望夜空，星星闪烁，都说一颗星星就是一位亲人，亲人在天上看着我们。祖母走了多年了，她的水中望月却留在我的心里。举头望明月后，低头怎不思亲人？月明之夜多相思，遥望天穿寄深情。

月亮还是那个月亮，天涯难以共此时。

温州的中秋节，非雨即阴。往往台风前脚刚走，雷雨天随后就到。当月亮照耀夜空时，中秋节早就过去几日了，再与皓月相见时岂不恨晚！今年这个中秋节又处于雷阵雨的天气里。白日天上有个太阳，都以为今晚能看到月亮。傍晚时分，轰隆隆的雷声，大雨滂沱。人们只好把赏月的念头又压在心里头。台风"山竹"刚走没几天，风又吹来，雨又打来。唉，明月几时有？把酒问青天。记得去年中秋，天南地北的群友互道中秋节快乐，都在晒全国各地的月亮。北京的、河南的朋友晒他们那里又大又圆的月亮。无奈，温州正在下雨，那雨下得好缠绵，千条线万条线落进塘河都不见。不知道是哪位见识高的朋友，别出心裁，将一个洗衣盆妥妥地固定在晾衣竿上，题字"八月十五月儿圆"。此帖子一出，引发爆笑，转发关注者无不赞之：太有创意了。啊哈，聊以自娱自乐，不见天上明月光，唯有银盆映秋水。谁能不说，这也是一个水中月亮呢？

群鸽飞舞

　　每天清晨，一群鸽子和着鸽哨，扑打着翅膀，披着一身初露的阳光，快乐地在朝霞里飞翔，盘旋。它们，在空中撒着欢儿，时而飞向朵朵白云，时而掠过摇曳的树梢，成群结队地追逐嬉戏。它们，从我的头顶上呼啸而过，近得都能看清它们油亮的羽毛；转瞬间它们渐渐远去，逐渐变成一个个小黑点，直到消失在蓝天深处。正当我收回远眺的目光，它们却又像马良的神来之笔，呼啦啦地又出现在我的眼前，让人目不暇接，一阵惊奇。

　　我认识鸽子，是因为小时候家里的一幅画。那是一幅摄影作品《我们热爱和平》。这幅画，十分流行，大街小巷，随处可见，尤其是过年过节，贴在家家户户墙上的年画里，几乎都有这幅画：一个帅帅的小男孩和一个美丽的小女孩，怀里各抱着一只鸽子。他们歪着小脑袋，和鸽子很亲热，面向大家微笑着，恬静悦目，十分喜人。那只白鸽，温顺地伏在女孩的手腕上，小女孩用小手抚摸着它，是那样美好。小男孩怀中的鸽子意欲飞翔，男孩子的脸紧紧贴着鸽子的脑袋，满面笑容。背景是蓝天，粉红色的桃花正盛开，昭示着新中国春天到来的气息。画中的小男孩小女孩代表着中国的新生与未来，他们手中的和平鸽代表着新中国人民对世界和平和友谊的热爱；新中国刚从连年战火的苦难中脱离出来，百姓更懂得和战争的残酷和平的意义。画面美，童趣真，寓意好，主题突出，表达出人们渴望和平、拒绝战争的美好心愿。正是如此，《我们热爱和平》这幅画在大江南北流行了许多年，也是让 20 世纪五六十年代的人们记忆犹新的一幅画。

画中的小女孩，让年幼的我十分羡慕。我那时和画里的女孩年龄相仿。看到那幅画，想象着，那个小女孩如果是我该有多好。我多么想也能抱着一只雪白的和平鸽啊。我每天都会在这幅画前走来走去，模仿着小女孩抱着鸽子的姿势，站在画的旁边。鸽子，从此，就在我的心中留下了美好的印象。我对鸽子的那份情愫，竟然几十年未曾改变，看到鸽子就感到十分亲切。

有时候写稿累了，我会走上露台，放松一下。这时总能看到那群鸽子在蓝天中飞翔。它们，应该是我的老朋友了。尽管我们之间，无法用语言交流，甚至无法面对面。那鸽群，用飞翔的羽翼与白云共舞，它们的翻飞已经告诉我它们的自由和快乐。我不免心驰神往，羡慕鸽子的那份自在、那份快乐。我闭上眼睛，倾听着鸽子拍打翅膀的声音，好像我的心灵之鸽也能随着群鸽飞舞，自由地飞翔在蓝天之上、白云之间。放飞心灵的那一刻，我的鸽子，飞翔的心灵，追随着鸽群，时而踏步云浪，时而卷入天河，浪淘尽千古风流，看着飞舞的鸽子，我也会发一会儿呆。让我从说不清的烦躁中瞬间走一下神，舒缓一下情绪。其实，人们对鸽子是再熟悉不过的了。鸽子，一种多么普通而常见的鸟儿啊，无论大江南北，都有它们飞舞的身影。鸽子，在中国民间故事里，是善良与美好的化身。民间有难，它会脱下羽毛变为平民少女，为民间排解困苦。

忽逢青鸟使，天上有来客，必是梦中人。噢，我的鸽子。

公园里、广场上总会散落鸽子的身影。童稚戏鸽图永远是人间的一道美丽的风景、艺术家笔下的童话世界、歌唱家心灵上的旋律。鸽子，人们喜欢叫它"和平鸽"。小小的鸟儿，肩负着世间人们对和平的渴望。鸽子，不负使命，它们快乐地飞向蓝天，传达着人们的希望。在中国老百姓的眼里，鸽子不仅仅是一种吉祥的鸟儿，从古到今，它就是一个伟大的信使。无论山高水远，无论烽火连三月，它都可以传来家书、报平安。

比利时布鲁塞尔的大广场上，飞满了和平鸽。有一座撒尿的小孩塑像，闻名于世。如果不是小男孩用尿浇灭了炸药引信，整个布鲁塞尔将被炸毁，人和城市都将湮没在战火里。这雕塑的意义就是让人们牢记战争带给人间的不幸与血腥，要世人珍惜和平，热爱生活。代表着世界和平的，是大广场上放飞的鸽子。

19世纪战火纷飞。法国著名雕塑家马图林·莫罗创作的《少女与和平鸽》，塑造了一位美丽的少女，她的臂膀上停着一只鸽子，少女双眸深情地望着这只展翅欲飞的鸽子，盼望着和平。艺术家借着少女的眼睛，表达人们渴望世界和平的美好愿望。鸽子，无论中外，在爱好和平的人民眼中，就是和平的象征，是和平的使者。当今世界，那些陷入连年战火的国家的人民，家园被毁，亲人惨死，满目疮痍，让人心疼难过。战火中，和平鸽衔橄榄枝飞翔的身影，人民更加渴望，世界更加需要和平啊！

为什么总是鸽子，这小小的鸟儿，肩负着呼吁世界和平的沉甸甸责任？

深秋的一个上午，天高气清，蓝天白云，太阳躲在朵朵白云的后面，一会儿露露脸，一会儿又半遮着面，好个迷离。我站在露台上，抬望眼，看远处的鸽群飞舞，它们仿佛在进行队列式似的穿插。两个鸽群从来不会混为一团，它们会互相穿插过去，又会各自归群，飞舞在蓝天上，分分聚聚。它们好像很喜欢这样的娱乐，和平而安详。这是它们的世界。远远地听到一阵鸽哨，须臾就呼啦啦地飞来一群鸽子，从我的头顶掠过。不时地咕咕咕，咕咕咕，它们唱。随后，鸽群就落在我家对面的楼顶上，稍做歇息。有几只胆大的就落在我家的露台旁，在宽敞平坦的女儿墙上坦然漫步。它们咕咕地叫着，伸着脖颈扭着头，呼朋唤友，好像在交流着什么，攀谈着什么。我屏声敛气，静静地立着，没敢惊动它们。几分钟之后，一声鸽哨，它们重飞蓝天，你追我赶，不断地变换着队形。我的情绪被鸽群所感染，追着它们飞行的方向，在露台上跑来跑去，呼喊着"快快飞吧，我的小小鸟，飞过蓝天，飞过大海……"和它们一起释放着快乐的时光，直到看不见它们了，我才停下来。

喘息未定，只见鸽群又突然飞了回来。这次，没有了咕咕的叫声，也不见了它们欢快的情绪，似乎有着无比的惊慌。我很纳闷，鸽子这是怎么了？鸽子仓皇飞过，一只紧紧地追赶着一只。我顺着鸽群飞来的方向望去，只见远远的，有一只鹰，老鹰，正快速地向鸽群追赶而来。我的心，一下子提到了嗓子眼儿，明白了鸽群慌作一团的原因。蓝天白云间，一场不可避免的争斗正在步步逼近。我为鸽子的命运担心，很着急，却无良策。只能眼睁睁着那只老鹰越飞越近。老鹰开始滑翔了，眼看就要追上鸽群，我不由地攥紧了拳头。就在这时，机智的鸽群，忽然拐弯向下飞翔，灵敏地躲开了老鹰的追猎。那只鹰，又一个俯冲，紧跟着鸽群，步步紧逼。飞在后面的鸽子，已经处在"及至成仙遂不还"的危险境地了。怎么办？我站在露台上连声大喊，挥舞着双手，驱赶着老鹰，算是对鸽群的声援。其实，我心里也难免有几分惧怕的，传说中，老鹰会啄瞎人眼的。老鹰越来越近，都能看见它那双犀利的眼睛了。我的心紧张得都要跳出来了。当我刚想闭上眼睛的那一瞬间，只见鸽群忽然来了个整体爬升，飞在最前面的鸽子，勇敢地迎着老鹰冲了上去。惊险！鸽群聚集紧密，不再慌作一团——鸽子们协力反扑了。这一次，老鹰没能得手。第一次失手的老鹰，仍然向鸽群不依不饶地追逐，想尽办法驱散鸽群，突破鸽群的防御和反扑。老鹰，是在寻找鸽群的弱点，然后下手。此时这鸽群里，只要有一处松懈，有一只鸽子躲避，老鹰就能猎物在握。我看得呆了。蓝天上的这场争斗，悬念陡生，鸽子的命运将会如何？我不敢想象。

蓝天逐鹿，谁会是胜者？又会是哪只不幸的鸽子成为老鹰的口中美食？就在这时，另外的鸽群，冒着危险前来增援同类。鸽群扩充，实力增加，它们齐心协力，开始追啄着老鹰。老鹰开始躲闪，并不死心，围着增兵了的鸽群上下飞跃，企图钻进鸽群，寻找它的目标。它围绕着鸽群打转，一直寻找下手的机会，但是这一次，它又没能得手。老鹰捕鸽的第二个回合又失败了。鸽群连获两胜，越来越威武，胆气越来越壮。它们开始反攻。鸽群配合默契，不露破绽。那只孤独的老鹰，在整齐的鸽阵前，完全丧失了了攻击的优势。它开始爬高，鸽群步步紧逼，让它俯冲的企图变成妄想。老鹰原来是个"程咬金"，不过只有三板斧。三次没有得手的老鹰，不得不调转身子，惶惶而逃了。老鹰的背后，是泱泱鸽群，它们的勇敢，完全改变了被动局面和被捕食的命运。

鸽群把老鹰追过了杨府山以远，看不见了，这才收兵回来。这一次，它们咕咕咕的叫声更加响亮了，表达着它们获得胜利的欢腾。我在露台上跳了起来，扬起双臂，为它们的凯旋而欢呼雀跃。它们依然在蓝天上快乐自由地飞翔，白云也为它们的胜利鼓掌。面对着弱肉强食，处在弱势的鸽子，没有被老鹰的强悍吓倒。它们热爱蓝天，面对入侵的老鹰抱团反抗，最终获得胜利，保住了蓝天上的一片和平。

它们是蓝天上的舞者，也是蓝天上和平的捍卫者。我想，这也是人类钦佩它们，寄予它们以和平希望的原因。

小巷的往日时光

康宁巷，一条弯弯曲曲的小巷，如蛇游蟒走。窄窄的巷弄里，两三层民宅，高高低低，鳞次栉比，沿巷道而延伸。康宁巷，给人一种宁静祥和的印象。的确，小巷里的左邻右舍都比较和睦，少见纷争。

我的家，曾在小巷里安顿过。一间九平方米的阁楼，挤着我们一家三口。柴米油盐酱醋茶，吃喝拉撒眠，洗洗涮涮，无不在这阁楼里兜兜转转。一年复一年，感受着日月轮替、斗转星移。阁楼的窗口很小，也很矮，伸手就能摸到檩条。凹形的汉瓦一片压着一片，片片相交错。灰黑的瓦背，历史悠久。所谓的墙壁，是薄薄的板壁，甚至不敢钉钉子。这头钉，那头出。邻居家的一声喊，只有立即拔钉停锤。像极了老电影《十字街头》《马路天使》里的生活场景。春雨连绵时节，雨打汉瓦，滴滴答答，声声如诉如泣。夏天炎热如炙，大人孩子汗如雨下。秋季台风吹过屋顶，如虎啸龙吟，令人胆战心惊，只怕小阁楼会被台风所破。直到台风过去，一颗悬着的心才算放下。寒冬腊月，板壁缝丝丝透风，小阁楼寒冷与天地同。地板缝隙如人老齿疏。小儿正玩耍的一枚硬币，骨碌碌掉进了地板缝里，转眼就摔到了楼下。楼下是邻居，邻居家门关着。小儿的硬币无法取回，因此不高兴了一整天。夜晚，躺在床上，辗转未眠的时候，抬眼望，藏在瓦片缝里的月光便悄悄地洒下。虽不是举头望明月，低头且见星星点点疑似薄霜在地板上游游荡荡。

小巷离人民广场很近。每天晨曦微露时，无论春夏秋冬，喜欢晨练的人的脚步，就像鹿之奔跑声惊醒小巷的睡梦，脚步声声奔向人民广场。偌大的人民广场，练各种把式的都有，踢足球的、打篮球的、羽毛球呼呼带着风声；跑步的快，打太极拳的慢，跳绳的步步紧；也有不紧不慢走两步的，也有练举重练哑铃。每个人都有自己的体育喜好，相互交融，相互较劲，彰显着自我精彩的那份精气神。每天早上，人民广场都是老城区最热闹的地方。当太阳升起的时候，晨练的人们纷纷回到小巷，擦把汗，准备去上班。此时的人民广场才慢慢回归沉静，空荡荡的。八点钟之后，又换作另一番场景。

夏天，尤其是三伏天气，低矮的小阁楼酷暑难耐。无论什么东西，摸上去都感到热乎乎的，像刚蒸过的一样。热得人们无处遁形，邻人笑谈，真想爬到河里不回家了。这话不错，华大利与康宁巷相望的一带，原有一道前桥，桥下流水潺潺，形成了小桥流水人家的景致。小河带来凉风，解了不少暑气，人们喜欢在河边乘凉。后来小河填了，小桥拆了，变成通衢大道。市人民政府旧址就在大道旁，与小巷隔路相望。广场路成了商贾云集之地，繁华无比，人来人往，熙熙攘攘。热得无处藏身的左邻右里，便会念起小河小桥的好来。一到傍晚，赤膊的男人们，穿着大裤衩，拎一桶清水，站在自家门口或巷道边冲凉，从头浇到脚。有人吹着口哨，那一份冲凉的惬意与欢快，永远是男人们的专属。日头西落，女人们会在门口或道坦的地面上泼洒些清水，消消暑气，然后摆放一张小桌，一家人围坐在一起，讲讲念念，吃一顿乘凉晚餐。

最欢闹的是康宁巷的孩童们，吃饱饭，小巷就是他们玩耍的天堂。捉迷藏的，躲在墙角的暗处；玩木头人的，大声喊着"我们都是木头人，不许说话不许动"，谁先动了或者谁先开声说话了，谁就算输了。童声歌谣如铜铃儿响。孩童们你追我赶，跑来跑去带来丝丝凉风。大人们，则搬出旧得发红了的竹椅、躺椅，用凉水细细揩净，消减酷暑带来的热度，使竹椅尽快凉爽下来。然后摇着大蒲扇，坐着的、半靠着的，凑在一起谈天说地，道听途说着各种趣事、乐事，天南地北，海阔天空。说到乐处，笑声响起。风渐起，小巷微风习习，有的乘凉人就慢慢打起瞌睡来。这时候，藏在砖缝里的虫儿啾啾唧唧。伴着虫声，女人凑在一起，叽里呱啦，笑声语声不断，有拿手遮嘴的，有手拍大腿的，高兴得前仰后合。被吵醒的男人悠悠地说："古话讲，三个老娘客，赛过一群鸭，这话没有讲错。"便起身回家睡觉去了。只剩下女人的笑声在巷弄里飘过。

远远的，一声声敲梆声，犹如韩信点兵之鼓，这是馄饨担。每当夜晚十时左右，馄饨担的敲梆声便准时在小巷里响起，从广场路那头开始，笃、笃、笃，越来越近。汽灯的光摇晃着。这个时间点，正是馄饨最好卖的时候，嬉戏的孩童跑饿了，苦夏的人此间也开始有了点儿食欲。有几个邻居家人拿着碗去买馄饨，我也是闲饥难忍，拿着碗下了楼。前面已有几个人了，我等着。

卖馄饨的是一个50多岁的老伯。一头是圆筒似的炉子，木柴噼啪作响，炉火正旺。被柴火熏得黑不溜秋的铁锅，里面倒满了清水。不一会儿，锅里的水已经响边，滋滋地冒着热气。老伯把几个人的碗拿过去，放在馄饨担另一头的小案板上，一一摆好，依次放入紫菜、炊虾、榨菜末儿、鸡蛋丝，点入猪油。老伯拿起一只长柄的大铁勺，从锅里舀一勺开水倒入碗里，放入葱花，香味扑鼻而来。老伯借着路灯的微光，开始下馄饨，随手从案板下的盆里抓起一把红根绿叶的菠菜，放进锅里烫一下，捞出，分到每个人的碗里。细看，菠菜盆下扣着半桶清水，可以随时舀一勺水，添加到沸腾的锅里，长柄大铁勺的优势由此可见。一把破了边的大蒲扇，像是从济公和尚那里借的，随意地插在杂柴的缝隙中。

馄饨担，一头担的是水，一头担起的是火。谁说水火不相容？水与火，用其相融之道汇成了人世间千年不断的烟火，养活了世世代代的饮食男女。看似简陋的一副馄饨担，蕴含着丰富的人生哲思。那个笃笃发声的竹梆，大约有我的两拃长，固定在馄饨担的架子上，中空，雕了一开口。老伯的竹梆红润光泽，看样子是有些年头了。老伯敲着竹梆，走街串巷，馄饨担从这边巷口出去，正好是热闹的府前街。

笃笃的梆声，传到很远，很远……特有的中空灵动的声音，一下一下，直敲到小巷人心思古，话题离不开当年初。当祖母的，把热气腾腾馄饨端着，边吹边喂着小孙子。嘴里念念有词：馄饨汤喝眼光……馄饨肉配白粥……那是一首流传了百年的温州童谣。一副水火交融的馄饨担，一首满满述说馄饨美味的童谣，相互印证着它们的历史多么悠远绵长。小巷啊，在笃笃的梆声衬托下，越发显得宁静祥和。

腊月天，十二月，正是晒酱油肉的时节。20 世纪 80 年代，计划票上的肉是不经得晒的。温州人的习俗，过年酱油肉是不能少的。那可是酒席上寓意十全十美的十个盘头之一，是红红的高脚碗里的重头菜。小巷人家早早就忙了起来。有亲戚在乡下的，乘着休息日跑到乡下去买些猪肉、鸡鸭等，也有乡下客送来的，自然舍不得吃，都早早地用心腌渍好，晾晒干，留到过年时好待客。这个时候家家窗外、屋檐下，总有酱油肉列队，几只酱油鸡、几只酱油鸭相拥，它们都在阳光下闪着酱过才有的闪闪油光，预告着年景有几多好。那些酱味，只有在分岁酒、新年酒上才有得吃，一年到头了才有得吃。小孩子只能眼巴巴地望着，过两天便问一声：年到了没？盼年，好吃的、好看的、好穿的、好嬉的，是孩童最大的幸福。

正当小巷人家欢欢喜喜忙年，却传来酱油肉被盗的案件，好像还不止一处。当年，酱油肉何等金贵！如此过年的"珍馐"被盗，这可是大事！市井人心都被这起案件扰乱了，大家生怕自家的那点酱油肉也被小偷惦记上，这年可怎么过？最为让人哭笑不得的是，被盗的人家竟然还收到了小偷塞进门缝里的纸条，大意是说：酱油肉味道很好，只是咸了点儿，下次再晒的时候，盐要少放点儿。如此这般。好个贼大胆，偷吃了人家的酱油肉，还去激撩人家！此案件全市都传得沸沸扬扬，家喻户晓。天网恢恢，疏而不漏。后来，民警几经蹲守，抓住了几个专门在夜深人静的时候，拿着带钩的长竹竿去偷人家窗外屋檐下酱油肉的盗贼。人心终归于平静。

　　正月初一，小巷人家争打百子炮，抢头响，意寓"开门红"，日子越过越红火。噼里啪啦的鞭炮响声带着新年的喜气连续不断，遍地的红炮衣犹如红毯，踩上去脚下绵软。连续缭绕不断的烟雾中，祈福的红红的对联模糊又清晰，恍如仙境。小巷弄里，邻居们打开家门见面，笑容满面，互道一声"新年好！"是啊，新年好！新的一年欢腾喜庆地来了！

火烧小乌龟

孩提时代碰到过自然灾害，三年。尤其是新粮还没有下来的时节，大人小孩都为填饱肚子而奔波，这也许是我们这一辈人共同的记忆。

那一年，青黄不接的时节，忍饥挨饿成常态。人饿得有气无力，真的是无所顾忌。为了解饥困，火烧小乌龟。这件事，牢牢地印在了我的记忆中，挥之不去。

一天，两个男孩子在一间破损的空房子里玩，我正好从门前路过，他们叫住了我。我跑进屋子去，只见他们两个趴在地上，正兴致勃勃地玩一只小乌龟。

小乌龟很可爱，要比我的小手掌大一些。我不知道他们是从什么地方弄来的。小乌龟有些茫然，在地上没有方向感地慢慢爬着。男孩们一会儿把它拨拉过来，一会儿又把它拨拉过去，就像猫戏老鼠一般。三个人哈哈大笑。玩着玩着，不知不觉已临近中午，可能是肚子饿了，男孩子边玩边商量着：怎么把小乌龟弄熟了，才好吃到嘴里去。在男孩们的眼里，小乌龟已经是一块久违的肉类美食了。

很长时间没有吃到肉了，都忘了肉的味道了，看到那些会爬的、能游的，就特别馋嘴，恨不得立刻就咬着吃，大快朵颐。我曾经和他们一起烧烤过小麻雀吃，羽毛不拔，带着毛，架上火，直接烧烤。小麻雀羽毛的焦味尽管很呛鼻，我们依然乐此不疲。烤焦了的小麻雀，浑身焦黄，油光光的，头和爪子都烧成了炭，即使这样，在我们的眼里，依然是美食。我分得了一条腿和一只翅膀，咬起来很香，连骨头都被嘎嘣嘣地咬得稀烂，吃进肚里。嘴里那个香啊，无法形容。要是能掏到一窝鸟蛋，那更是快乐无比。

小乌龟在地上乱爬，他们看着，说着，比画着，说到兴奋处，一个男孩子还做了个张大嘴巴的夸张动作，并发出"啊呜——啊呜——"仿效老虎吃肉的欢乐声音。他挤眉弄眼，怪声怪气，把我俩都逗笑了。男孩子终究抵挡不了肉食的诱惑，他俩一直在想办法如何变"画饼"为美味。我听着他们的争论，只以为他们是说着玩的，因为在民间文化和习俗里，人们认为乌龟是种灵性之物，乡村里的人都知道。他俩肯定也是知道的。烤与不烤的一阵争论之后，他们就让我给看着小乌龟，嘱我："千万不要让它跑了。"说完，两个男孩匆匆跑出去了。

等他们回来的时候，两人捧回来一堆河泥，放下，又跑出，又抱回来一堆干草；出去，再回来的时候，手上便是两张绿绿的新鲜荷叶，好像是才在荷塘里摘下来的。看他们进进出出的，忙忙碌碌的，我一直在猜测他们想做什么。他们和好泥，又从我手里抓过小乌龟，把泥一层层地往它身上糊，糊成一个泥团子，把小乌龟活活地包裹在里面。

再在泥团的外面包上一层荷叶，荷叶外面扎上稻草，小乌龟就被结结实实包在了泥巴里面了。他们又不知从什么地方找来了一个废弃的炭火炉子，点上火，火旺了，他们就把这个泥团放进火里烧……

我从来没有见过这种阵势，看呆了，惊叫起来："这下小乌龟的命真的难保了！它会死掉的。"他俩不听我的尖叫，只管忙活。我害怕了，这是小乌龟啊，这是小乌龟啊。我的心怦怦地乱跳，劝他们两个不要吃小乌龟，太可怜了。男孩子们不肯依，执拗地要吃肉，他们说，你不要叫，等会儿，我们三个一起吃肉。我真的也很想吃肉，又很可怜小乌龟，有点儿进退两难了。我犹豫着，看着他们手忙脚乱的，不再喊叫了——肉食于我，还是很有诱惑力的，我也是个嘴馋肚饿的人。炉火很旺，在我的眼前高高低低地跳动着，两个男孩就分坐在火炉旁，双手托着脸，神情专注地守望着炉灶，想到就要到嘴的香香的肉……眼神里透出期盼的光。

农村的小孩子肚子饿了、嘴馋了，很少往家跑的，因为家里也没有吃的。他们常常腰里别着弹弓去打鸟，打着了，拢一把火，烧火烤了，吃了，个个满嘴黑。最常吃的是麻雀，打麻雀、烤麻雀吃，上树掏鸟蛋吃，这在农村是常景。小鸟的肉油了嘴，解了馋。农家人讨厌麻雀，见了就"噢去噢去"地赶。除了它们的叽叽喳喳外，还因为它们祸害菜蔬庄稼，连农家晒场上的谷子也不放过，它们一群群地来，又一群地走。在大人们的眼中，小孩子吃个小麻雀不算什么事的。可是今天，真的是把小乌龟活活地放进火里烧了，这在那些年的农村的确不多见。到底，我的怜悯之心大过了嘴馋。乌龟，毕竟是民间故事里充满灵性的动物。想到这儿，我惊慌得跳起来大喊"不要烧，不要烧了！"我连推带拽，但男孩们根本不听我的。怎么办？就让小乌龟被活活地烧死吗？我急得手足无措，一激灵，想到了吃斋念佛的万寿奶奶，也许，她能救救小乌龟。我飞一样地跑了出去，把男孩子"不再带你玩"的喊声抛去老远老远。

万寿奶奶一听，脸色陡然大变，不免着急，嘴里不停地念着"阿弥陀佛，罪过罪过"，跟着我急急忙忙地赶到了那座小破屋。我和万寿奶奶刚赶到，两个男孩正好把泥团从炉火里拨拉了出来。最外面的稻草已经被烧干净了，荷叶焦了，泥团已经干裂了，冒着白白的热气。我心想，小乌龟这下真该没命了，一时惊在那里，后悔自己醒悟得太晚了，不免眼睛红红的。

万寿奶奶很生气，嘴里念念叨叨着："罪过罪过，造孽造孽。"万寿奶奶在陈家墩为人和善，很受村人的敬重，可是那两个饿极了的男孩，根本不听万寿奶奶"不要吃、不能吃"的劝告。自顾自打开了那个泥团。真是老天有眼啊，小乌龟竟然还活着！是它命不该死。小乌龟从滚烫的泥团里蹒跚地爬了出来，在地上还是那样慢条斯理地爬着！这让我看得呆了，那两个男孩子也愣住了。信佛的万寿奶奶见状，双手合掌，两眼微闭，嘴里念念有词，让我把死里逃生的小乌龟托在手心里，跟着她向河埠头走去。那两个男孩也傻眼了，挠着头没有阻拦我。他们绝对没有想到会是这样的结果，呆呆地看着我手捧着小乌龟，也跟在了后面。到了河埠头，万寿奶奶双手合十，面向河面，恭恭敬敬地立着，念了一通经，然后让我把小乌龟放生。我蹲下来，把小乌龟轻轻地放在石阶上。小乌龟一入水，稍作停息，得知生命无虞，便拼命地向前游去。

小乌龟在万寿奶奶念经声中渐渐远去，身后留下浅浅的水纹。我看着远去的小乌龟，庆幸它大难不死，庆幸它逃脱了红口白牙的吞噬。万寿奶奶不停地念着经，直到小乌龟不见了踪影，才拉起我的手回家。一路上，万寿奶奶不停地说，孩儿肚里没得油水，罪过罪过，不能怪他们的。仿佛念经一样，一路走一路说。

我回家说起火烧小乌龟的事。母亲说，他们太饿了才会这样的，不要怪他们。我善良的母亲，她是少年时从饥饿的生死边缘逃荒出来的，又亲历了外祖母被活活饿死的惨状，她有她的悲伤。人在饥饿的时候，为了生存，因求生的本能真是什么都敢吃的。还好，小乌龟命大，死里逃生。

我至今有个疑问：根本不懂烹饪之法的孩童们，他们火烧小乌龟的方法，竟然和杭州名菜"叫花子鸡"的制作方法如出一辙。难道说，世上美食大多来自于困苦？

小南门往事

1964 年，温州还很贫穷，城市也不漂亮。当时的温州市区有多大呢？曾有人骑着自行车，从汽车南站出发，自东向西，骑到清明桥，只用了 15 分钟就贯通了全城。过了清明桥，就是乡下。自行车，在那个年代，即便是在温州的街上也很少见到。有一位阿姨骑着自行车上街，竟然成了惊人之举，引来不少市民的赞叹，"哇，女人也骑脚踏车！"佩服得不得了。

小南门，窄巷浅弄，一溜儿的板材房。因了岁月的沧桑，木房子已经被涂抹成了深棕色彩，暗沉的早不见了木材原本的花纹。一座上了年岁的木房子，似乎已经承受不了瓦片的重重叠叠，被岁月摧残得东倒西歪了。它的主人在外面用几根大柱子顶着、撑着，防止房子进一步歪斜。薄薄的板墙、嘎嘎吱吱的楼梯。阳光从瓦的缝隙中悄悄地钻了出来，碎银般地或洒在床上，或洒在桌上，或洒在地面上。

小南门临街，卖吃食的、打铁的、箍桶的、卖日杂的，小店、小铺、小作坊，一家接着一家，很热闹。挑着竹篓担、立街吆喝的小商小贩，走街串巷叫卖的货郎，叮当声响的糖儿客，描绘了一幅市肆图。有个背着小圆木桶一路叫卖"槐豆芽"的商贩，个子不高，声音却很响。他喊一声"槐豆芽唉——"，就使劲吹响牛角，"呜——"的一声唤，就有人拿着碗出来买，并和他熟络地打着招呼。他的生意很好，看上去都是回头客，想来吃食的味道应该不错的。

温州人说的"槐豆"其实就是"蚕豆"，而他们叫"蚕豆"的正是人们叫作"豌豆"的。我很好奇，为什么温州会有那么多与众不同的地方？温州民间有一个妇孺皆知的笑话：一个人去学说话，老师问他记住了吗？那人说记住了。一出门，学说话的人突然摔了一跤，喊了一句"哎勒嘚哂"，一骨碌爬了起来。老师再问他，学的话记住了吗？那人拍了拍头又全忘了。因此，坊间有人叮嘱别忘事时，喜欢说勿"哎勒嘚哂"，那人自然会意，便笑着说"勿会勿会"。我有时臆想，可能去学话的那人回来只有张冠李戴了。小时候，我常常把温州的这个笑话和温州的一些俚语、反话联系起来，总会因自己这种莫名的联想闹得心情愉快，忘乎所以地到处乱跑，看热闹。

小南门很热闹。卖甘蔗的小商贩尤其多，有行商也有坐贾。那些坐贾常常挑一根上好的甘蔗，标价五分钱，削去头梢，专候一些年轻人买来"试刀"——每刀一分钱。他们几人相约，将甘蔗直立于地上，用削刀对准甘蔗，以迅雷不及掩耳之势一刀削下。削下多的多得，削下少的少得，没有削下的自然不得，或多或少，全凭手艺和运气。没有争议。有一个年轻人的功夫了得，一刀削下，势如破竹，将甘蔗一劈为二，独得半壁江山，高兴得他大口咀嚼着胜利的甘甜。围观的人，或揶揄，或赞誉，嘻嘻哈哈，很快乐。温州人崇尚竞争，又讲究公平，相信运气，该多的多，该少的少，大家遵行这种游戏规则。

小南门一带的街面上，常常有几个年轻的女人，三五一堆围坐一起，手里飞针走线，嘴巴也不肯停，轻声细语地说着方言，嘻嘻哈哈地打趣。十字花，一针连着一针互相交叉，花卉飞禽就在她们的手下魔术般地变化了出来，各种各样的图案就在她们的快乐里变得五彩缤纷。我常常会跑去看她们绣十字花，看得出神。温州人唤其为"挑花"，很形象。不用绣撑子，拿在手里，一针一针地挑。挑花女把绣花针往布上轻轻一抹，布面上就会出现一条细如发丝的划痕，她们就沿着这个划痕，构思着美丽。常可以看到一些年轻的女人，担着绣好图案的布，小扁担颤悠着，轻盈地走在大街上，我总会跟着这些挑花女走一段路。她们是从小南门内河里的绿色客轮下来的挑花女，是花边厂的外加工女工，计件算工钱。她们常常相伴而行。看她们的脸上，笑从双颊生。

温州的手工艺品很丰富，石雕、黄杨木雕、细纹刻纸、牛角雕等等，真是琳琅满目，让我很着迷。我常常会跑到打锣桥口和解放北路去看这些被称作"玩意"的，一件件看，一件件端详，心中满是欣羡，真的是太美了——温州的民间艺术。

一些上了年纪的老人家，则喜欢穿黑色夏布衣，大袖宽襟，慢慢摇着大蒲扇，有一下没一下地扇着，光脚穿着木板拖鞋，走在小南门的砖路上，踢里踏拉的响声跟了她一路……浓浓的生活气息，真的让人陶醉。

我就读的中学离着双莲桥很近，双莲桥又近傍小南门内河航运的码头。那里天天好不热闹！课余，闲来无事，我和同学会跑到双莲桥上去看风景。河面上，舴艋船儿、小客轮你来我往，吵吵嚷嚷。舴艋船儿来的时候，卸下的大多是从乡下运来的甘蔗、木炭、瓜果、菜蔬，还有草席等等。值得一提的是"盘菜"，白色，扁圆如盘形，炒、蒸、腌渍味道都很美，有一种特有的淡甜，让人咂嘴难忘。盘菜似乎只有温州独有，据说尤以瑞安产的为佳。

船来了，早已等在那里的小商贩都会一拥而上，把自己要的货堆成一堆堆的，然后算账。船老大和这些生意人混得很熟，边讨价还价，边算账，边说笑，还不忘捎带着几句粗野的话，看似骂骂咧咧，却分明又有几分熟稔自得。舴艋船儿的老大最为较劲的地方，是他们容不得我们这些站在桥上看热闹的女学生，他们一定要声嘶力竭大声叫喊"噢——噢——"，像赶鸭子一样，把女孩子们一个个从桥上吆喝走，才撑杆摇桨从桥洞里穿过去。他们的脸上，洋溢着一种男人自古以来的尊严。我对此莫明其妙，后来才知道，这是船老大求"利市"必为之事，是温州风俗。女人走在桥上，看见有船要经过桥洞时，或是快走几步过桥或是停住让撑船老大先过。另外，男人的扁担很神圣，即便放在地上，也是不允许女人跨过去的，否则会遭人骂的。桥上担担的人很多，扁担就那么肆意地放着。女同学不意间踩着或者跨过扁担，结果跨一次就被教训一次。

温州校园里，学生之间交流全讲方言。称"老师"为"先生"。其实，温州话里的"先生"，是对有学问之人的敬称，而"老师"，在温州话里却是对手艺人尊重的称呼，比如说"泥水老师""木工老师"等，外地称"打铁匠""泥瓦匠"人等为师傅的，在温州人的嘴里，皆称为"老师"，这体现了温州文化中人与人之间互为尊重的人文思想。温州人把人与人的吵架称为"乱"。一个"乱"字，把两相的纷争形象而生动地刻画了出来，"蒙乱""乱死去""乱得头皮涨兮"。郭沫若当年曾来温州考察，他认为温州话是中国古语保留较多的方言之一。乱者，妄也。温州的学者说，当今的温州方言中，保留了唐宋以来的温州话语音风格，颇多古音。啧啧。一方水土养一方人，一方文化也滋润着一方人。

温州离舟山渔场近，海产品很多，又不用凭计划票购买。七八两重的黄鱼，一角钱一斤，再小一点儿的五分钱一斤。腌渍鱼、晒鱼鲞、炒鱼松，每个家庭主妇都为鱼忙活着。一到这个季节，小南门人家的竹架上、屋檐下，就有一溜溜的鱼鲞，新晒的、晒干的，在太阳下闪现着盐渍花纹，小巷空气中飘荡着淡淡的鱼腥味儿……

风情蛟翔巷

蛟翔巷，是老信河街七十二条半巷弄之一条。它一头连着老信河街，一头幽幽地伸向九山湖。在这条小巷里，我为生活来来回回奔波了 15 年，它留给我的时代印象是那么的深刻。

很惊奇，一条普普通通的巷弄，怎么会有如此神奇的名称——似千年的修成蛟龙得水，翔飞于天。蛟翔巷，令人不得不为这一条古老的巷名而肃然起敬。据坊间的传说，这条巷，在清代称为"教场巷"。因为这里曾为温州城守营的"守备教场"。这么说来，这巷子就颇有些历史来头了。其后，逐渐应了温州方言"教场"的谐音而演绎为"蛟翔"。我想，这巷名演变得如此灵动，可能多因涵养于九山湖水吧。

蛟翔巷东西通达。来来往往的人可以不用走清明桥，直接从半腰桥经过九山湖，那么穿过蛟翔巷是到达市区的一条近道。大凡从市区"走上"到乡里去的或是从乡里"走下"到市区的，大多会从这里经过。正是这样的便利，巷子里便有了各种声音和行迹，拉板车的哐啷声、卖煤球的吆喝声、担菜上街的叫卖声、磨刀磨剪子的敲敲打打声，担水客流下的串串水迹，乡里人挑来的山柴担……白铁作坊补锅的，敲油壶、蒸格笼屉的，也叮叮当当地凑着热闹。记忆当中，还有一家做花鼓桶的，门面不大，屋里的花鼓桶成双成对，堆得高高的，有"富贵花开"的，有"莲生贵子"的，有"鸳鸯戏水"的，都是些喜庆题材，充满了温州本土的民俗文化色彩。屋里飘散着清漆的味道。两个老师忙忙碌碌地赶着活，似乎连说话的时间都没有，看我在花鼓桶前看来看去，他们只是抬起头来看了我一眼。可能见我年轻，不像是来定做花鼓桶的，就又低下头去忙了。花鼓桶黑漆打底，红花绿叶；有棱有方，描金画线；图案涵盖花鸟鱼虫、琴棋书画，无不用色艳丽夺目。俗有俗的味道，雅有雅的情致，百花入得百人眼。那个年代，花鼓桶是温州女孩子出嫁的必备嫁妆之一。自是求个独一无二的。喜气洋洋的花卉图案，无不寄托了娘家人对新人新生活的衷心祝福。

每天清晨，天还没睡醒，环卫工人就早早就上班了。坊间流传着一句方言道"天光四点半，正是端尿盆"，顺口又抽韵，也反映出了环卫工人的辛苦。他们推着或拉着涂着绿漆的粪车，哐当哐当地沿着巷子凹凸不平的路面挨家挨户走过，倾倒着各家门前的马桶。环卫工人不时地用方言喊一声：端尿桶哎！就有男人睡眼惺忪地拎着马桶出来，放在大门口外。环卫工人拎起马桶倒入粪车里，用水涮净，再放回原处，一手抓着一把长长的大竹刷，一手拎着一桶水。女人把水倒入马桶里，再用刷子使劲地刷。马桶里的水打着漩儿，高高地冲刷着桶壁。更讲究一些的女人会把花蚶壳倒进马桶里，哗哗啦啦刷洗马桶，直到认为洗净了用清水一冲，拿抹布一抹，放在门口外晾着。那绿色的粪车，在几个女人此起彼伏的洗马桶声音中渐行渐远。

清一色的红马桶，清一色的绿色粪车，沿袭了蛟翔巷多少个年头的天光早。环卫工人时传祥受到国家领导人接见的故事，妇孺皆知，人们对环卫工人很尊重。环卫工人也信心满满地拉着粪车走在这条小巷深处。

每天，蛟翔巷就在这种喧闹声中慢慢醒来。

天大亮，老信河街上的脚踏车阵从左右飞奔而来，声势有如瓯江口涨潮时。于是，蛟翔巷口的脚踏车阵就一波连着一波，丁零当啷的车铃声一串接着一串，增添了小巷清晨的闹猛。小巷的路上挤满了脚踏车。男的，身着蓝工装或者黑夹克，骑着黑色的"飞鸽""永久"；女的，衣着鲜亮，赤橙黄绿青蓝紫，骑着红色的"小凤凰"、蓝色的"小飞达"，演绎着蛟翔巷的时代变迁。蛟翔巷内有多家单位，一到上班的时候，飞鸽、小凤凰齐飞，永久、小飞达共舞。1979年之后，人们的服装渐渐从单调的颜色中突围。随着小凤凰、小飞达脚踏车的前行，女孩子的裙摆随风飘舞着，彰显着女性的百般柔情。一阵风儿吹过，百雀羚的香气袭人，她们成了蛟翔巷一道最为亮丽的风景。

一条小巷，因为有了两家女工单位，自然添加了妩媚动人的风情。又因着温州护校、温州四中、温州大学，当然还有留在记忆里的蛟翔巷小学都在这条小巷里，蛟翔巷便有了文质彬彬的气质，更似青龙于飞了。

每天，我上下班，都会在小巷里打个来回。

蛟翔巷口是温州市瓯绣厂，一个充满东方刺绣艺术气息的地方。女工们创作的刺绣作品《红楼梦十二金钗》曾经轰动一时，被赞为"东方的艺术"，卖得 14 万元的高价，让人啧啧称道。十二金钗，个个造型优雅，或手执扇扑蝶，或手执卷赋诗，人物神态逼真，栩栩如生。瓯绣厂面朝小巷设了一爿店面，墙上挂满了瓯绣作品，有：永嘉山水、四季花卉、飞禽走兽、芳草翠树，看上去都很美，去欣赏的人陆陆续续。我每次经过那里，都会进去看看，每次都对那些绣品惊叹不已！瓯绣，突破了民间实用功能的价值，突出了"绣画合一"的艺术特点，更具艺术魅力。太让人赏心悦目了。那时候，她们也不叫绣娘，而被称为"刺绣女工"，或者"绣工"。那一双双纤纤玉手，既可揽乾坤，又可飞龙舞凤。

小巷中段临近天窗巷口处，是地方国营温州市第一棉织厂，简称"温一棉"。这家棉织厂，成立于 1921 年，是温州地方上纺织工业开办较早的一家棉织厂。其前身为"富华布厂"，起步于脚踩织布机。20 世纪 50 年代以来，全部采用了机械化织布。最鼎盛时期，布厂里有一千多工人。织布挡车工以女性为主，保全工都是男性。一个车间里，女工济济，点缀着一二个保全工。他们这台机上转转，那台机上看看。如果两台机子同时出了点儿毛病，两个女工，一人拉着保全工的一只手，都让他先去修自己的机台。温一棉，当时堪称温州纺织行业的龙头老大。女孩子能在国营厂上班，脸上多少有点儿光彩的。上了年纪的老工人们，仍然沿袭着叫它"富华布厂"，老工人说，她们对富华有感情。富华、富华，富我中华！这是我对布厂老厂名的顾名思义。

温一棉的女工很美丽，一顶白色的纺织帽，轻扣乌云压鬓角，额头露出一缕儿刘海，明眸皓齿；一件白色纺织围裙，一排"温州第一棉织厂"红字呈弧形散开在胸前，衬托出红颜润泽，光彩照人。围裙的兜兜里放着纺织剪、钩针。纺织女工笑靥如花，围裙里裹着的身姿窈窕美好。经过厂门口的人都会情不自禁地向里张望，心生羡慕。温一棉的女孩儿从来不愁嫁，人言"抢抢走"。那些男性职工多的单位每每有什么联欢活动，工会主席就忙不迭地找到温一棉厂工会，要求多多派女孩儿参加。这是做好事啊！临走时，那工会主席还不忘再叮嘱几句："记牢坚，一定要来啊！"好事成双，佳话频传。

温一棉最风光的时期，应该是 20 世纪的 80 年代。那些年，厂门口都会摆大摊，销售计划外的产品中有点儿瑕疵的各种布料、布头。花色品种齐全，有平纹斜纹，有格子花色，有 45 支纱、32 支纱的。品种多又不要布票，还不限量，谁都可以买。这让大家直夸：一棉好兮好。有人买去做了成人服装，有人买去做了被单，有人买去做了童装。在布票不够用的年代，这样的布料可帮了人们的大忙。摊位前一连几天都热闹非凡。闻讯赶来的人们，你挤着我，我挤着你，嘴里不停地喊着要什么什么布……就怕买不到。买布的吵吵嚷嚷，伸胳膊伸脖子的，一副着急相。厂里几个卖布的忙得满头大汗，高声应着：还有还有！勿挤勿挤！

买着的挤出人群，兴高采烈，也有来晚了没买着的，赶紧打听什么时候还有得买。收摊了，人群久久不愿散去。蛟翔巷，应着温一棉不要布票的布而名声在外。

不知不觉，许是受了温一棉卖布的影响吧，先是老信河街近蛟翔巷处，开了一家布店。那时候，的确良类的化纤布因其不要布票，面料挺括又耐穿，倍受人们欢迎。穿一件的确良衬衫都会让人感到荣耀，极有面子。慢慢，老信河街的布店越开越多，沿街而列。布料花色品种也越来越繁多，而且都不要布票。20世纪90年代初，布票不再是买布的唯一凭证了。温一棉厂门口那个大布摊前，来买布的人也越来越少了，卖布的只有闲坐着打发时光。偶尔有人来买点儿棉布回家做被单、被套，做衣裳已是看不上眼了。

时光永远不会老，却永远如白驹过隙。1995年，先是温一棉改制，工人分几批下岗，绝大多数女工离开了厂子，自谋生路。现如今，温一棉的厂房依旧在，只是已经没有了往日的风光。厂名再度更改，温一棉，终成为温州纺织工业历史上的一个名称。温一棉漂亮的女工，终成为蛟翔巷里一个美丽的传说。后来，信河街扩建，地处巷口的瓯绣厂也得搬迁，分流，两家女工单位先后走出了蛟翔巷。

而蛟翔巷呢？将女工的美丽风来留在了街巷的记忆里。如今，这里卖女式服装的店铺多了，一家比着一家来。原先那些店铺，也大多改行易帜，卖起花花绿绿的女人服饰。巷子里，各种款式的时尚女装吸引了四面八方爱美的女人，高跟鞋的笃笃声和女人的欢声笑语又响彻小巷。三五成群的女人，五彩斑斓，这家店出，那家店进，过足了逛街的瘾。

蛟翔巷，或许是继温州纱帽河女人街之后，又一条女人街吧！风情万种，万种风情。

馒头记

　　我家附近的菜场，几年前来了个卖馒头的。他的馒头摊上，雪白的苫布上，用红漆写着醒目的"北方馒头"。卖北方馒头的是个北方人，说着一口北方话，初来乍到，看上去很朴实。他的馒头是用老面发酵的，有一种自然的甜香，闻着很诱人。可能是刚开始做生意吧，他从来不吆喝。每天出摊，他一到摊位前站定，就打开苫布，一股老面馒头的麦香便飘了出来。面经过自然发酵做成的馒头有那种麦粉特有的香味，随着热气慢慢地散发出来，把菜场里进进出出的人都吸引到他那里去。他的家常馒头松软，香甜、筋道，个头大，五角钱一个，好吃又实惠。买的人很多，都是十个十个地买，他还多给一个。他的生意很好，一大箱的馒头不一会儿就卖完了。北方馒头的确好吃，而且实惠，回头客很多。

　　我是这个馒头摊的常客，我也是被老面发酵馒头的醇香吸引过来的。摊主用货真价实的馒头和真诚的服务赢得了很多回头客。他的生意好了，巷口的馒头店里的生意就受到了不小的冲击，那家店的小老板天天气得吹胡子瞪眼。泡打粉发面，吃到嘴里总带点儿苦味，外观虽然差不多，但味道骗不了人。人又不傻，谁不喜欢价廉物美的健康食物？

北方馒头还成了我和夫君固定的午餐，只要再添加个汤和菜就 OK 了，简便又有营养。这馒头个儿大我第一次吃时，还剩下了一口。哎呀，他的一个馒头的量值别人的两个。有一天，我又去买馒头，和摊主闲聊，才知道，他的面粉是用自家种的麦子磨的，卖麦子值不了几个钱，他就想到了做馒头来卖。他的主意不错，的确比卖麦子的收入要高许多。一家人都忙活着，老婆做馒头，他卖馒头，儿子跑运输，把磨好的面粉运到温州来。虽说是小生意，可一家人忙得乐呵，摊主也是一脸的笑呵呵，挺知足的。说自己头一年来温州卖馒头，没想到生意会这样好。我说，这也是你的馒头实在，个儿大，品质又好，来买的人就多了，不管什么生意，诚信为上就好。摊主笑着直点头：就是，就是。

日子一天天过，有些日子没有吃北方馒头了，那天，又被它勾起了馋虫，便去买了四个回来，两元，装在白色的塑料袋里拎回了家。中餐就是它了。咬着馒头喝着汤，不知不觉，一个馒头就下了肚，刚好饱。我觉得自己饭量长了，竟然吃了一个大馒头。可是再拿起来一看，觉得手上的馒头不如以前的大了，原来我的饭量没变，是馒头变小了一些。第二天，我又去买馒头，顺便问了一句："馒头变小了？"他笑了，有点儿不太好意思地说："是小了，麦子涨价了。"我一想，可也是，米不是也在涨价吗？给钱，拿馒头走人。过了一些日子，我再去买馒头，发现他的馒头又小了一些。想，市场上的白面又涨价了？这也难怪。这次的一个馒头下肚，没有吃饱，好像肚皮在说，还差一个角。

卖北方馒头的摊主做生意手段越来越熟稳了。发现他家馒头变小的不止我一人。人们围在他的摊位前等馒头，有的人难免会问一句："哎，师傅，你家的馒头没有以前的大了。"摊主好像没有时间笑了，硬邦邦地说："你去看看别人的，都还没有我家的大呢。"这倒也是，他家的馒头虽然变小了，可还是比馒头店的大一点儿，来买的人自然没有话好讲了。也来买馒头的阿婆说："馒头小了，人的心眼儿也变小了，听不得话了。"几个人听了，会意地笑笑。不过，他的馒头小是小了，还是采用老面自然发酵的，保留了一点点传统，味道还是好的。后来，再吃他的馒头，要一个半才能饱肚。我只说物价涨得快，他的馒头还是五角钱一个，就是五角的价值越来越小，值不当了。我又想着，人家是来干啥的，不就是为了挣钱的嘛。只要他不掺假、不昧良心、不乱加东西，也算是好买卖人一个了。

可让人说不出话来的是，已经在菜场立足的"北方馒头"，有点儿不太对劲了。他终于还是舍弃了烦劳的老面自然发酵，用起了泡打粉发泡剂，馒头虽然没有再变小，但是更暄了。在菜场里摔打了几年的"北方馒头"摊主，也动起心思，讲究起了"生财之道"。为了显得馒头个大，他的刀切馒头采用了斜面，看上去与以前的差不多，但是薄了。那馒头根本就立不起来。馒头很膨大，像海绵一样，布满了匀称的小洞洞。咬一口在嘴里，也没自然发酵的那股麦子的醇香了，也不如以前的筋道了，能咀嚼出发泡剂那种淡淡的苦味。唉哟，和巷口馒头店的没有什么两样了，大小、样式、口感，几近一致。渐渐地，我也不去那个"北方馒头"摊了。到哪儿买都一样，何必舍近求远呢。

……

那天，一个人走近了"北方馒头"摊重又折了回来，说现在的北方馒头不好吃了，还是去买别的作午餐吧。那摊主就向他翻白眼。我说，他说的是实话，你也不要听着难受，现在你的馒头真的大不如以前了。摊主说，我的馒头没有掺假，又没有违法，人家不是都这样做的吗？面包发泡剂不都在使用吗？又不是我一家。说完，就大声地吆喝起来："北方馒头，热的！"他没有以前的待客热情，再也没看我一眼。才几年的工夫，他可真是朴素退尽，油滑得可以了。

说的也是。他的馒头的确是查不出毛病来的。但是他的馒头口感真的变了，同时变了的还有他的心窍。以前是卖馒头挣钱，现在是为了赚钱千方百计地卖馒头。道不同，味儿岂能不变？馒头变了，变的也是做人的心啊。

有些时日没有去买馒头了。那天经过菜场，发现"北方馒头"的摊位不见了。不知道为什么，我心里还是有点儿失落，唉……

恩恩怨怨说老师

细细算来，仅小学我就换了五所，中学我也读了三个地方。这样的中小学受教经历，让我接触到比别人多得多的老师。难忘一位朱老师，她于我如春天，至今心中充满感激。

老师，我难以忘怀您对我的谆谆教导，回想起来，就像心涧流过的清澈溪水，让人欢畅。我对老师心存的感激之情，犹如一首赞美诗，吟唱在我的心底。在我人生的几十年中，老师的恩泽就是我心中的长流水，永不干涸，滋润着我的人生之路。尽管后来我辗转万里，在黑龙江当了十年知青，当过几年乡村教师，但我仍总想着老师的恩泽，并把它传下去。返城后，当工人，当记者。不管我在哪里，我的脑海里，常常会现老师的音容笑貌。想起来，心头就充满了灿烂的阳光，仿佛有了一股子劲，多难的事情也能咬牙坚持下来。一个学生如果遇到一位好老师，他们人生就仿佛有了一盏明亮的灯，让人念念不忘，心存感激。

有的老师呢？偶尔我也会想起，但泛上来的却是心底无限的忧郁，那一份沉重，有如切肤之痛。虽然事过经年，却依然那样刻骨铭心，成了我心头永远不能愈合的伤口，真痛，几十年了，一如昨日。我曾想永远把这事忘却，甚至掩埋，可是，很难，伤心总是难免的，只余长长的一声叹息，无以言表。老师的一句恶语就可能对尚处在世事懵懂的学生造成伤害，那可是学生一辈子的悲哀！童心被泯灭是一辈子的精神苦刑！学生的人生也许从此改变方向，理想从此折翼。

小的时候，我父亲的工作调动十分频繁，往往是这里一二年，那里两三年，一家人跟着父亲走南闯北，到过浙江的几个主要城乡。父亲是读过私塾的，写得一手好字，又偏爱诗词。母亲总是说，父亲受古文化的影响太深，有股子不为五斗米折腰的劲。

我那时已经读到三年级下学期了，随父亲工作调动，转学来到了一所坐落于石室街的中心小学。记得我当时读书很用功，语文成绩很好，听写从来没有错过字。语文老师对我很赏识，甚至让我代他批改同学的听写作业本。初来乍到，时间不长，语文老师对我这样信任，让我的心里充满了自信，装满了快乐，溢满了活泼，我对读书似乎更添了一把子力气。这个时候的我，笑声应该是清澈的，笑容是天真烂漫的，眼里的天是很蓝很高的，云是很远很美的，人世间充满了欢乐和温暖，我小小的心里照耀着灿烂的阳光。

我读四年级的时候，大弟弟到了读小学一年级的年龄。因为上学路远，因而平时都是带饭的，为了省一块钱的"搭伙费"，我的中餐都是用开水泡饭吃。弟弟还小，吃这样的开水泡饭要吃伤胃的。可是，一下子要拿出我和大弟弟的学费和两个人的搭伙费，还有小弟弟和大妹妹的幼儿园学费，家里似乎没有这个经济能力。妈妈和奶奶两个人商量了半天，也没有拿出个好主意来。正在一旁画画的我听到了，知道家里有难处，就说："让弟弟搭伙吧，我还是吃开水泡饭吧。"妈妈和奶奶见我这样说了，就这样定了下来。

大弟弟上学了，他带的饭是在学校食堂里蒸热的。每天中午，我把弟弟的饭盒取来，交给他，他便拿着饭盒找自己班里的同学吃饭去了。我也就拿起自己的中餐吃起来，碰到没有开水的时候，就吃冷饭。我的脾胃至今虚寒，想必和这一段经历是有关系的。那时我们带的饭也刚够吃个八分饱，对粮食自然珍惜。有一天，不知道怎的，弟弟竟然剩饭了，虽然不多，但是倒了很可惜。在那个粮食困难的年月，饭菜尤显珍贵，没有听说谁家有倒过饭的。再说，我当时也没有吃饱，顺手就拿起弟弟的饭盒，打算把弟弟剩下的这两口热饭吃了。我正端着弟弟的饭盒，快活地咀嚼着，进来了一位女老师。这位女老师，我实在是太熟悉了，父亲没落魄的时候，她是我家的常客，从小，我就叫她"阿姨"，亲热不得了。她常常给我送玩具，有洋娃娃、小皮球、不倒翁。每逢周末，她会领着我去玩，去拍照。我看到女老师站在那里，很仔细地环视了一圈，没有说话，只是紧紧盯着我手里写有我弟弟名字的饭盒。我没有在意，叫了声"老师好"，尽了师生的礼数。十来岁的孩子，毕竟单纯得像没有一点划痕的白纸，幼小的心灵从来不设防，又是自己所熟悉所亲近过的人，绝对想不到以后会发生什么事。

女老师不声不响地退出去了。须臾，教务主任旋风一般地刮了进来，她直接奔到我面前，从我手里一把夺去了弟弟的饭盒。我突然懵了，不知道因为什么，呆呆地站在那里。只听教务主任厉声地问我："你是不是只交一个人的搭伙费蒸两个人的饭？"我惊恐地回答："没有。今天是我弟弟吃不下了，剩下的，我给吃了。"旁边的同学也纷纷为我作证，七嘴八舌地证明我今天的确吃的是开水泡饭。教务主任不由分说地把替我作证的同学一个个都训斥了出去，只留下我一个人。她把我带到办公室，让我写检讨，着重说明：只交了一个人的搭伙费蒸了两个人的饭是不对的，检讨一定要深刻！并说："检讨什么时候写好，什么时候去上课！"我很心慌，不知道该怎样解释，一再低声咕哝着一句话："老师，我真的'没有只交一个人的搭伙费蒸两个人的饭'。我今天吃的真是开水泡饭。"教务主任挂下了脸，表情更加严肃了，她训斥我："你不诚实！"

教务主任向来厉害，在学生面前，从来没张开过笑脸，学生都很怕她。她今天真是怒发冲冠哪。我惴惴不安。我从她那冷峻的脸色和异常的眼神、话语里，读出了她对我的判定：就是个不诚实的坏学生！可是，我没有不诚实，我说的是真话；我也没有做她所说的那样的事。我有点儿无助，无论怎样解释，教务主任只是不肯相信。这样被老师"押解"的阵势，我从来没有遇到过。教务主任的不信任让我很伤心。我想，这真的只不过是个误会，我一再解释，为什么老师就是不相信呢？一肚子的委屈无法申辩，很想哭，眼泪也就顺势流了下来。可是，教务主任仿佛是个铁石心肠的人，不被我的眼泪所动，口气依然很刚硬，敲着桌子大声地训斥说："让你写检讨，你流眼泪给谁看！？"我知道，无论如何说明事情的真相，她肯定是不愿意相信的。她已经认定了我是"占了学校的便宜，损害了学校的利益"。这种极度的不信任，又无法辩白，让我这小小的心灵实在承受不起，不知不觉，委屈的眼泪又在眼眶里打转了。我害怕再挨她的骂，只能咬了咬嘴唇，强忍住了，不再让一滴眼泪掉下来。

上课了，同学们朗朗的读书声传来，这让我有些焦急不安，偷偷地看着窗外。看到教务主任回办公室来了，才把目光收了回来，看着她给我备好的纸和笔，听着她那手指戳着桌面的"笃、笃"声，还有她的一脸冷肃，紧张的我说什么也写不出规定的"检讨"。我满腹委屈，认为自己没有做过的事为什么一定要承认？没有占学校的便宜为什么一定要承认？教务主任踅进办公室，看看，见我未动一字，便怒不可遏，更加大声地训斥："像你这样家庭出身的孩子怎么能够诚实？！"她的话，就像一把钢刀，把我小小的心灵剁了个七零八碎。我怎么也不明白，吃了弟弟剩下的两口热饭，我竟然从一个好学生变成了坏孩子。我不知道，这两口热饭与我的家庭有什么关联？但是大人不这样看，教务主任语气里飘动着那种轻蔑、那种语调，让我瞬间明白了我与其他同学的不一样。她对我的歧视，让我产生了抵触情绪。我很快地收起了打转的眼泪，收起了满腹的委屈。在她的面前，我第一次挺直了身体，抬起了头，面对着她，望着她的眼睛就是不说一句话；第一次在这位老师面前挂起了严肃的脸色；第一次向外面的世界透出漠视的眼神，忘记了胆怯——我的确如妈妈所说的就是个倔脾气的人。教务主任见我如此情状，再下通牒："什么时候写出检讨来，什么时候才让你回家！"我没有回答，只是不动笔，一直站着。我下定决心：不写就是不写。

那个女老师也来到办公室看我写没写检讨，劝我："还是写了吧，一会儿放学就可以回家了。"假惺惺！我的心里忽然对这女老师讨厌了起来，那种厌恶感让我连看她的眼神都变了样。想起老师们对她是"教学无能，拍马最行"背后的评价，我的眼里充满了对她的怨愤。我对她怒目而视，不再躲开她的目光。如果不是她无端告状，教务主任怎会大为光火？她又怎么会知道我父亲的事情？让教务主任拿我父亲的事来训斥我。害人精！我把头别了过去，不看她不理她，表示对她极其的轻视和强烈的不满。

听着同学们走出校门欢呼雀跃的声音，听着老师互道再见的声音，也听到了老师和教务主任"写了没写？""很顽固，还没有写"的问答声，听着校园里慢慢静下来，我真的被"留校"了。感到太阳已经走到了山头上，办公室里就我在孤独地站着，在犟着，就是不肯写下一个字。教务主任来看过我两次，用眼剜着我。我看到了她，看到了她的表情，我没有开口求饶，就这样僵持着——当时也不知哪来的脾气：我没有错，不检讨。不放我走，我就不走。

傍晚了，教务主任见我如此顽钝，把我狠狠地教训了一顿，只好让我先回家，同时教训说："回家跟你的右派老子说去，叫他到学校里来。"一声"右派老子"，就像一根大棒劈头打下，让我感到屈辱与痛楚。

六点多快七点的时分，暮色四野，我正走在回家的山路上。远远地，看到父亲向我走来，他是不放心来迎我的。我"留校"的事情，先回家的弟弟已经告诉了他。回到家，我把事情的经过一五一十地说了，然后是号啕大哭，哭声里饱含了莫大的委屈。眼泪在脸上流成了小河——我把在学校忍辱的眼泪全部倒了出来。妈妈和奶奶根本没有想到，就为了省这个搭伙费，竟然闹出了这么大的乱子。有奶奶哄着，我总算止住了哭。我想不明白，以前是一个那么可爱可亲的阿姨呀，与我家常来常往，走得多近啊。可是，现在怎么会变得这样可怕了呢？我问父亲这究竟是为什么？父亲只是说："等你长大了就会明白的。"我的遭遇，也让父亲心里很不是滋味，他一直沉默着，大口大口地抽烟，整个人被烟雾包裹了起来。也是由这个女老师而起，我开始对人的本性有所感悟，有所敏感，对那些溜须拍马的、阿谀奉承的、会钻营的疾恶如仇，从心底里看不起他们，从来都是"敬而远之"。

其实，这种伤害仅仅是开始，教务主任对我不写检讨的事一直耿耿于怀。

一次，语文老师又叫我去帮他批改听写作业，教务主任便看着我，一脸严肃地向着语文老师大声说："你怎么能叫一个右派的女儿去批改作业？立场呢？"这不啻是颗炸雷，语文老师可能是第一次听说了我的身份，有点儿懵了，他直直地望着我，半晌无语，似在询问：真的吗？我不敢看语文老师的眼睛，只有悄悄地低下了头，默认了。我的心里第一次充满了忧惧，说不清那种羞愤杂陈的滋味如何在心中翻天覆地。顷刻，我感到同学们的眼睛全在我身上打转转，如芒在背，他们也是第一次知道我父亲的事。莫大的悲哀啊！自此之后，语文老师赏识的目光离我远去，他再也不叫我帮忙了，即便凑巧在校门口碰到，他也会没有"看见"我，没有了先前那亲切而饱含期望的眼神和问候。我再也高兴不起来了，从此低下头来自顾走路，不再东张西望——我害怕同学瞟我的那种眼神，也不再主动去打招呼，害怕同学不理睬我。

那一天，风和日丽。少先大队里有活动。我们在操场上排好队列，一个小队排一行纵队，每个小队长左臂上都挂着一枚"一道杠"小队长臂章，双手紧握小队的少先队红旗，站在队伍的最前列。我也是小队长，站在队列的前面。辅导员正在说明这次活动的意义和注意事项。我很认真地听着。就在辅导员讲话快要结束的时候，教务主任径直来到了我面前，一双眼里透射出对我的愤恨。在队列前，面对着全校的少先队员，她大声说我是个不诚实的学生："这样的坏学生也能当小队长？参加少先队？"说着，她一把从我的衣袖上强硬拽了下小队长的臂章，又一把从我的脖子上拽走了红领巾，还抽出了我手里的小队旗，交给别的同学。就这样，大庭广众之下，完全不用履行少先队的章程，只凭一个老师的好恶，我被"开除"了少先队的队藉。我很木然地望着远去的队伍——阳光下，那红红的队旗、红红的领巾是多么耀眼，可是它们离我而去，渐行渐远。摸着被别针撕破的衣袖，我脑袋里一片空白，真的不知道如何是好。我就站在操场上，孤零零的，已经没有了哭的意愿，也没有了委屈的泪水，更没有想要到哪里去申辩的念头。我只把泪泉埋藏在心灵的山涧深处。我抬起头，稳住了呼吸，呼呼的冷风打着旋儿从身边刮过，冷却了我这小小少年内心奔流的热情……

　　有了这样的经历，此后的事就越发顺理成章了。演课本剧《半夜鸡叫》的时候，我被导演同学硬性安排了一个谁也不愿意演的"狗腿子"。让一个扎着两条小辫子的女孩子，去饰演一个凶悍的"狗腿子"，这足可以说明我在班级的地位了。我不愿意演，回家边说边哭。

　　一个被学校领导和老师都看不上眼的学生，受欺负是难免的。淘气的同学会毫无缘由地叫我"狗腿子"，然后哈哈大笑。他们快乐地起哄，却让我的心无比地刺痛，深深地感到了来自同学的轻蔑。打那个时候起，我开始有了自卑心理，有了抬不起头来的感觉，也变得十分敏感，对一些取笑我的同学，我会怒目而视或是给点颜色看看，只是为了自卫，只是为了一颗脆弱的童心，只是为了那一点点自尊。我对那个所谓的女老师是怨愤的，父亲在位与不在位时，她对我们的态度判若两人。她的阿谀奉承、恶意诽谤，让我蒙受了不白之冤，摧残了一个小学生的心灵世界。从此，我的天空不再湛蓝高远晴朗，阳光不见了，满布阴霾，淅淅沥沥的雨把心淋得湿漉漉、沉甸甸的。我开始不合群了，感到一种孤苦伶仃，开始害怕到学校去，开始害怕见到同学，更害怕见到老师。我此后再也没有蹦蹦跳跳、说说唱唱的心情。我忧郁了。不用说，我学习成绩急速下降，干什么事情都打不起精神来。妈妈说，我是被吓掉了魂。

在父亲的安排下，我转了学。在新的学校，我遇到了和蔼可亲的朱老师。朱老师已人到中年，有点儿发富，脸圆圆的，说话稍有点儿气喘。她是我的语文老师。朱老师的说话速不快，缓缓地，声调不高，却抑扬顿挫，讲课很有意思，我们都很用心地听讲。上课时的朱老师是很严肃的，下了课，她和学生有说有笑。学生也喜欢课后向她提些课外的问题，她都笑容可掬地一一作答，学生围在她的身边像小鸟一样快乐。那时我的成绩在班里只能算中等偏下，而且因为是初来的，有些认生，她就叫几个班干部主动来帮助我，并鼓励我大胆去跳课间舞，尽快融入新的集体中去。在朱老师的鼓励下，我开始打开被层层包裹起来的心，快乐和活泼渐渐归来。我重新回到了少先队，参加了舞蹈队，脸上又有了灿烂的笑容。

有一次上作文课，作文的题目是《我的某某》。朱老师启发说，大家可以写你最喜欢的那个人、最熟悉的那个人。我写了《我的妹妹》。作文交上去的第二天，朱老师来到教室门口，大声喊我的名字，把我叫到了她的办公室。我跟在朱老师后边，心里很忐忑，紧张得身体战栗不止。朱老师让我坐下来，我却不敢坐，头低下来，两眼直直地看着自己不停摩挲的手。朱老师硬是把我摁到了椅子上，脸上挂着浅浅的微笑，她轻声问我："这篇作文是你自己写的吗？"我紧张地点点头，并说我的小妹妹才三岁多，很可爱的，我很喜欢她。朱老师点点头说："有同学反映，你是抄袭别人的，但是，我相信你。"朱老师看着我的眼睛，我大胆地迎着老师的目光，再次肯定地说："是我写的！"朱老师对我的信任让我有了说话的勇气，我很快忘记了紧张，把整个写作的构思说给她听。

老师很高兴，告诉我："你的这篇作文写得很好、很生动，把小妹妹写得活泼可爱。整篇作文没有错别字，连标点符号都没有错。本来应该给满分的，但是作文很少有满分的——给你 99 分吧。"真的？我喊了起来，一脸的喜悦。朱老师高兴地看着我，停顿了一下，又说："本来想把你这篇作文推荐到《全国中小学生优秀作文》的，但是考虑到……"朱老师说得很婉转，我明白，这个怪不得老师，表示理解。朱老师对我的信任已经让我快乐无比了！我真想在办公室里蹦起来！可爱的朱老师，精心为我开列了中外名著书目，让我课余时间多去品读，"看看他们是怎样写的"。朱老师这次谈话给我留下了深刻的印象，让我刻骨铭心。从此，阅读成了我最大的快乐。我常常手不释卷，看到精彩的地方反复品味，并且认真揣摩。我对读书又倾注了十分的热情，成绩也慢慢地上来了。在朱老师的引导下，我开始喜欢上了文学，有时看小说看到着迷处，甚至连吃饭都顾不上了，因此还受到父亲的批评和教诲。

许是要弥补一种遗憾吧，朱老师把《我的妹妹》作为优秀作文的范本抄写在黑板上，在我们这个年级段进行讲评。那真是让我高兴的时光，走路又蹦蹦跳跳了，手舞足蹈了。我下了最大的决心，要更加努力地学习，努力写好作文，并越来越喜欢上朱老师的语文课。在写《我的理想》这篇作文时，我大胆地采用了现代诗歌的创作形式，熔铸了一个少年对未来理想生活的全部向往和憧憬。这篇作文又得到了朱老师的欣赏，又被当作了高小段优秀作文的范本多班讲评。之后，作文课成了我释放快乐的最好时光，我由此成了高小段的作文"明星"。

或许个别同学对我这个中等生不服气，偶尔也会在朱老师面前提到我父亲的事。朱老师就开导对方说，她父亲是她父亲，那是大人的事，你们是同学，要团结友爱。朱老师有时会提醒我：不能骄傲。有了朱老师的一路呵护，我重新拾回了信心和自尊，性格也逐渐开朗起来。直到现在，我脑海里总会浮现着这样一幅图画：一帮学生团团围着朱老师，有说有笑叽叽喳喳的情景，这其中就有我。朱老师的脸上总是笑着，那一种亲热，那一种温暖，让人想起来就感到心里热乎乎的，心灵深处奔涌着暖流。受朱老师的影响，从此，我痴爱上了美丽的文学。几十年工作中，我没有离开过文学，我爱文学，因为有朱老师的爱。

我写这篇文章，就是想说，朱老师，您是学生稚嫩心灵上的一盏明灯。

一件连衣裙

1979 年的早春二月，我和夫君从黑龙江知青农场返城回温州，路过上海。

在上海，购买回温州的船票往往需要等待多日。在等待的这两天，趁着空暇，我们到南京路逛大街。所谓逛大街，只不过是想去看看街景而已，并没有打算买什么东西。知青的身份，加上囊中羞涩，让我们不敢有奢望，更不敢有奢求。

上海的南京路很热闹，人来车往的。当时上海的服饰全国有名，流行于大江南北，人们对它的钟爱不亚于当下我们对国际品牌服装的青睐，谁都会为拥有一件上海服装感到自豪。专程到上海买衣服，或者托出差的亲朋好友带衣服的人很多。出差人公事办完后，最主要的工作就是到南京路上为亲朋故旧买衣服。20 世纪 70 年代末，中国终于打破了服装"蓝灰黑"的一统天下，南京路上那一排排高大的橱窗里，模特展示的服装色彩纷呈，新颖的、美丽的、高品质的服装，犹如百花齐放。上海，毕竟是国际大都市，气质当然与众不同。爱美的上海姑娘，已经穿上了漂亮的春装。"春江水暖鸭先知。"女孩子对服饰的敏感，就像一群可爱的小鸭子对于春江水，有着无与伦比的感知力。上海的姑娘们引领着中国的时尚。

我们转到了南京路上最大的商场"上海一百"。这里十分热闹，有很多人在排队。长长的队伍七扭八拐，像条游动的大蟒蛇。虽然是排着队的，但是依然很拥挤，总有人向前蹭，一不注意就"插队"，时不时引起纷争。这些人好像在抢购什么商品。走近一看，只见橱柜上贴着大海报，上书：出口转内销服装，一律不收布票！原来是在卖各种服装，花花绿绿，十分抢眼。来一次上海，竟然碰上这样的好事——有不要布票的服装！莫大的诱惑使服装柜台具有了十分强大的吸引力，先来后到的人们，纷纷加入这支队伍当中。尽管有人在维持秩序，买的人还是挤挤撞撞地"头打头"。人们操着各地的方言，互相召唤着，声浪一阵高过一阵，听不清谁在说什么、喊什么。这条游动的大蟒蛇，成了当天南京路上最为壮观的一道风景。

说起布票，现在的年轻人肯定不知道其为何物。可是在计划经济时代，布票在"衣食住行"中占着重要的地位。想想，每人一年的布票才十七尺半，国产布料的尺幅也窄，大约在二尺四到三尺长。一尺布票只能购买一尺的布料。无论你是彪形大汉或是依人小鸟，每人每年都是一样的计划定额。个子大的，一身衣服就把一年的计划"做"掉了。床单呢？被单呢？这些生活必需品自然是要等凑足了布票才能买。家家布票都不够用。手帕、毛巾、格毯，甚至土布，这些不用布票的纺织品，都会被聪明的主妇们用来替代做童装，省下小孩子的布票可补充给大人用、家庭用。当年的人们对待布票的热情胜于钞票，因为有钱没有布票，你一样穿不上衣服，盖不上被子。布票的珍贵由此可见。来上海的人乍一碰上"不收布票"的好事情，谁也不会放过的。抢购！自不在话下。

排队的人实在是太多了。

我俩看了会儿热闹便想离开。当我们刚转身要走，只听见一个年长的声音在用上海话喊："到格（这）里来！到格（这）里来！那边勿（不）要挤啦——"好像是一种召唤，唤醒了女性的购物本能，我一激灵，好奇心夹杂着点儿不甘心，让我很快折了回去，想看看究竟。夫君紧跟我的身后。原来商场又运来了一批新货，因为前面忙不过来，便在里面又开了个窗口。新商品是各种款式的出口转内销的连衣裙，同样不收布票。陆陆续续，有人过来看看，又走了。连衣裙的生意不大好，看的人多，买的人寥寥无几。尽管也是打着"一律不收布票"的招牌，但在刚刚开禁的春天里，连衣裙的魅力比不上普通的衣裳的魅力。连衣裙，在人们的观念里，多多少少还是带着西洋服饰色彩的服装。买来后，到底能不能穿得出去，敢不敢穿得出去，的确还是一个伤脑筋的问题。

营业员看着连衣裙的生意冷清，就一件件地整理起来。这当口，我发现了一件湖蓝色和平领款式的连衣裙，上面钉着六颗深蓝色的琉璃小扣，双双成对，在光线的照耀下，发着犹如蓝宝石般的光。到底是出口产品，大气，给人的感觉就是不一样。许是一种缘分吧，这件连衣裙真的让我怦然心动。可是一问价格，我又打消了想买的念头——太贵了，要 25 元一件。想那时，我一个月的工资才 30 元，一件连衣裙就要花去将近一个月的工资，这个开销太大了。怪不得那些人呼啦啦来了，看了看，又不言不语地走了。与前面的几元的服装比起来，这件连衣裙可是贵得离谱。我拉起夫君的手说："走吧，太贵了。"夫君却不走了，他说："如果喜欢就买下来。"精明的营业员赶紧把连衣裙展开来给我们看，呀！是双明线的，前后共四个大褶子，有收腰线，裙长到膝下——很美，很漂亮，很文雅，很秀气，很端庄，是我喜欢的风格。夫君拿过来在我身上比试着说："这件穿上一定好看。"都说男人是女人的一面穿衣镜子，许是不假。本就心仪的衣服被他这么一说，我禁不住冲动，就有了豁出去想买下来的念头。我紧抿着嘴唇下定了决心：买下了这件连衣裙。终于奢侈了一回，身上所带的钱所剩无几。至于说，这件连衣裙以后在温州穿会遇到什么样的结果，自然就不在思考之内了。

　　天气一天比一天热了，转眼就到了初夏。温州大街上，有人开始穿"香港衫"了。我想到了我的那件连衣裙，几次拿出来看看，欣赏了一下，又重新放了回去，夫君问："你怎么不穿？"我说："还没有到时候。"什么是"到时候"，我也说不清，打头穿连衣裙让人心里不免有些忐忑，总觉得时机尚不成熟。

　　时值仲夏，周末的一日，相约去江心屿游玩。这是我们返回温州后的第一次出游，很是欢欣。清晨，我的第一件事就是把连衣裙拿出来，穿上，照着镜子转了转圈，自我感觉还是不错的。夫君看着我说："不大不小，正好合身，挺好看的。"我觉得，无论时机还是节气，应该是"到时候"了，这样不至于招敏感的人的闲话，招好事人的指指点点，尤其怕被有心人指责"小资产阶级情调"。虽然"文化大革命"结束快有一年了，可是心有余悸者不仅是我。那一天，我穿着连衣裙，紧紧跟随在夫君身旁，一步不错，借以壮胆。在我们那个小地方，一件连衣裙是足够引人注目的。我总觉得有人在看我，是有人在看我，虽然多少有点儿不自在，但是心里颇有几分自得和欣喜。

万事开头难，连衣裙只要头一天大着胆子穿出去了，在以后的日子里，我便经常穿着，而且变得坦然自若了。

然而，好景不长。关于我穿连衣裙的风言风语还是起了，闲话还是来了。

一天下班回家，看到母亲坐在她的房间里，叫我过去。她的脸色很凝重，我不知道出了什么事，但我猜测肯定是出了大事情了。母亲看着我身上的连衣裙很严肃对我说："赶快脱下来。"我大声问："为什么？"其实我也预感到是为什么，只是不肯相信。我很不情愿地换下了连衣裙，心有不甘，在母亲的面前不免嘀嘀咕咕："都什么时候了，还这样封建。"印象当中，母亲用这样的神情对我谈话，这该是第二次。第一次是在我16岁那年，有人寄来一封"情书"。那次，我自然挨了母亲的教训，当着母亲的面，把那"情书"投进了煤炉，看着它化为灰烬，片片似蝴蝶飞去。

望着母亲今天这样的脸色，我知道，这件连衣裙是难以逃脱了，我也是咎由自取。"你都听说了些什么？一件连衣裙又能怎么样！"我犟嘴，向着母亲大声抗议。母亲瞪了我一眼，用不容置疑的口吻说："以后再也不准穿！""那，这，连衣裙，就这样糟蹋了？很贵的。"我心疼地强辩着。母亲说："你还有两个妹妹没有结婚……可以给她们穿。"母亲这样说，我明白是什么风了。外面在传，说老贾的大女儿都结婚了，有了孩子了，还穿着"跳舞衣儿"东逛西走的，不怕被人笑话——"温州人管连衣裙叫"跳舞衣儿"……想必是"跳舞衣儿"后面的演绎是多种多样的，这才让母亲生气。

母亲是听不得别人说自己子女闲话的，何况，在当时的情况下，婚否是女孩儿衣着的明显分水岭。未婚，怎么穿都是可以的，婚后的穿着就要求不一样了。虽然没有明文规定，但是长期积淀在骨子里的东西就会让女人自觉不自愿地有所选择。女人婚前婚后判若两人，衣着起着很大的作用。常见到女人在心仪的服装面前问，我都结婚了，这样式的穿得出去吗？我都有孩子了，这样式的穿得出吗？我原来以为是"小资产阶级情调"压倒了我，没有想到，却是封建旧思想撂倒了我，我默然了。我不想因为一件连衣裙再给饱经风霜、历经坎坷的父母添麻烦了，让一家人不愉快。

看着手里的连衣裙我有些发怔：我有两个妹妹，身材都差不多，给谁？给了一个偏苦了另一个，总是觉得不好。平心而论，我还真有点儿不舍得。从此以后，我又把连衣裙收了起来放进了箱子里,只有在想它的时候拿出来看看,摸摸,心有不舍也困于无奈。

时间不长,我发现街面上的女人穿"跳舞衣儿"的多了起来,各种款式的都有,像朵朵花儿,浓淡相宜地盛开在这个夏季,给炎炎夏日平添了一抹亮丽的色彩,很美丽,很让人羡慕。我看着箱子里的连衣裙却不敢再穿上身。

一天,一位同事穿了件碎花"跳舞衣儿"来上班,办公室好几个女人全都围了上去,品评着,赞美着,羡慕着。有人开玩笑说:"你胆子好大哟,穿着"跳舞衣儿"来上班。"她笑吟吟说:"我这件才不是'跳舞衣儿'呢,是'衣连裙'你看——"说着,她从裙腰掀起了衣裳,衣作衣,裙作裙,合二为一时,恍如连衣裙,避开了"跳舞衣儿"之嫌,又可以分开来搭配其他衣服穿,多元组合。妙哉!真是奇思妙想!凡是如我这个年龄的温州女人,肯定不会忘记"衣连裙"曾经是那样的流行,那样的时尚,那样的光鲜,把温州女人爱美的那点儿心思淋漓尽致地表达了出来;衣连裙,它们曾经是那样以幽默的方式,响应着时代前进的步伐;它们曾经是那样以智慧,表达着女人的爱美之心;我虽然不知道谁是设计出这款"衣连裙"的温州第一人,我也不知道谁是第一个穿"衣连裙"的温州女人,但是,我觉得她们实在是太伟大,太有智慧了,温州女人,实在是太可爱了!

我的心,怦怦动。

那天一下班,我像屁股上着了火一样地往家赶。进门的第一件事就是翻箱倒柜,把我那件连衣裙找了出来。仔仔细细地看了一遍又一遍，这才拿起剪刀，小心翼翼进行裁剪，把连衣裙一拆为二，"跳舞衣儿"变成了"衣连裙"，可分可合，让我乐不可支。

我穿着由"跳舞衣儿"改成的"衣连裙"，美美地过了一个夏季。

面疙瘩汤记

　　面疙瘩汤其实是流传在长江以北地区的一种极其普通简便的面食小吃。做面疙瘩汤的面粉有多种，其制作的手法也有所不同，以小麦粉为多。佐料的不同，汤的味道自然也不同。因其属正餐之外"垫肚"的东西，还上不得食谱正册。既是另册，自然也就很难有北方水饺在温州高亮度的"艳遇"，一般的街头小店只有水饺，没有面疙瘩汤。想吃，只有自己做。虽如此，但温州人还是赋予了"面疙瘩汤"更为雅致的称谓："面珠儿"。温州人习惯把"面粉"称作"粉面"，称面疙瘩为"面珠儿"也显得理所当然，一粒一粒，雪白雪白，相当形象。相比起"面疙瘩"来，"面珠儿"听起来要悦耳得多，雅趣得多。

　　然而，就是这极其普通的小吃，数百年来，也有一个关于它的委婉而美丽的传说。

　　《疙瘩汤认妻》是一则流传于中国北方的民间故事：讲述的是一对夫妻因面疙瘩汤而破镜重圆的爱情故事。传说，有一对年轻的夫妻，男耕女织，早去晚归，凭着自己的勤劳和节俭，辛辛苦苦把一个贫寒之家操持得富裕起来。他们有了田地，盖了新砖瓦房，日子一天好似一天，夫妻俩很是高兴。可是，吃饱穿暖之后，这家的男人却有了自己的小打算——他想纳妾，有媒婆给他说了一个富家千金，这男的成天高兴得神魂颠倒。女人不肯，说富家女只会吃喝玩乐，会败家的，两夫妻为此常常吵嘴。那男人一气之下，把这个原配给休了，迎娶了富家女进门。从此，这一对儿成天吃吃喝喝，玩玩乐乐，男的不下地，女的不织布。男的觉得，过这样的富裕日子才不枉活一回。但是，好景不长，不到两年，家里的积蓄就被吃一空，只有卖田卖地了。这家庭又从富裕重回贫寒。那后娶的老婆跟他吃不了苦，卷了值钱的物件跑了。男的最终沦落为叫花子，天天沿街乞讨。贫困之时，这男的想起被休的老婆来，悔不该当初色迷心窍；每每饥肠辘辘时便想起了结发之妻的好来，懊悔得心痛，禁不住浊泪汪汪的，结果眼睛瞎了。

有一年的冬天，这个瞎眼的叫花子讨饭讨到一户人家门口，饿得实在走不动了，只好坐在了地上。这时从里面走出一个女人来，她仔细一看，认出对方是休了自己的丈夫。没承想，才短短的几年，他就落到了这个地步。她禁不住为他嘤嘤而泣。她把他扶进家里坐下，自己到厨房里做了一大碗面疙瘩汤端给了他。叫花子饿极了，呼呼噜噜半碗下肚，吃着吃着，他不动箸了，这味道太熟悉了——他想起了结发妻烧的面疙瘩汤来，为了创建家业，他们常以面疙瘩汤充饥。他忽然明白过来，他讨饭讨到了被休的老婆家门口了，顿时羞愧难当，放声大哭，向她连声说对不起，跪地磕头，后悔休了她。两人抱头痛哭。女的原谅了男的，他们重新生活在了一起，一如以前。日子好了，男的心情也好了，眼睛也慢慢地明亮了起来，看到自己的结发妻子竟然是那样的美丽。两人恩爱，一直到终老。

崇尚心灵生活的祖先们，赋予了面粉调成的疙瘩汤以无限美好的亲和力，要按现在的说法，也算是食文化了吧。其实，这个民间故事并不复杂，其内涵也不算多深刻，不言自明。只是觉得，它的确对当今的人们有警醒作用。

我对面疙瘩汤是很熟悉和感激的，这小小的疙瘩，曾经是我们一家人生存的依靠。

20 世纪的 60 年代初，物资匮乏，粮食不够吃，每个家庭都面临着吃不饱的实际问题。那个年月，一个家庭最大的本事和最能让人羡慕的地方，就是让一家人能填饱肚子，能够生存下来，好好地活着。那个岁月，最为关切的问候语就是"你吃了吗？"可见，吃，是个大问题；吃什么，也是件关乎生命的大事情。那个时期，全国流行语叫"粮不够，瓜菜代"。很明白，就是粮食不够吃的，以瓜菜充饥果腹。

在那个困难的岁月里，一家人的生活支出全靠父亲的一份工资。日子过得紧紧巴巴的，钱也紧，粮也紧。我家当时有七口人，上头有 70 岁的奶奶，下头有我们四个正在长身体的孩子。用我母亲的话来说："这两头，饿着了那一头都不行。"人是铁，饭是钢，一顿不吃就饿得慌。尽管我母亲十分节俭，钱还是月月不够用，粮也是月月不够吃，到月底，母亲总会为一家人的吃而发愁。

我是家里的老大，放了学，就和院子里的小伙伴们提着篮子到菜地里去捡老菜叶子。只要叶子有点儿绿色，菜梗还有点儿新鲜，都会被我们捡到篮子里，乐呵呵地拎回家。母亲是北方人，善做面食。在那个瓜菜代的年月里，她最拿手的就是包菜团子和烧面疙瘩汤了。母亲烧面疙瘩汤的时候，会放上很多的蔬菜，有时候是冬油菜，有时候是小青菜，有时候是芥菜，老叶子都切得细细的，放进锅里。一锅绿绿的，冒着热气，咕嘟着。母亲把面和得软软的，用筷子头挑成面疙瘩放进滚水的锅里。那面疙瘩，一个个摆着自己的姿态，浮在碧绿的菜上面，十分好看。等面疙瘩多了，母亲就会用筷子搅拌一下，那面疙瘩就像小鱼儿躲进水草中一样，藏进了菜里，只露出点点白。这绿中点缀着白，十分悦目，向来严谨的父亲看到这一大锅碧绿，也会哈哈大笑起来，连说："好东西，好东西，这可是明代皇帝朱元璋的'翡翠珍珠白玉汤'啊！有点儿翡翠镶白玉的韵味。"母亲很不认同父亲的典故之说："这哪会是一样的？！咱家的可是自个儿做的。"凑巧了，要是还有计划票能买到的食材，母亲还能打上个鸡蛋花儿，点几滴香油珠儿，喷喷香！这已然是很美味了，连汤带菜，一家老少吃得兴高采烈。我们几个小的，尽管面疙瘩汤早已下肚，依然没有离开厨房的打算，闻着还在屋子里飘荡的面疙瘩汤香气恋恋不舍，每每这时，母亲就会笑话我们是一群喂不饱的小馋猫。

母亲精打细算，她把粮站配给的地瓜粉、玉米粉都掺和上点儿白面，做成各种各样的面疙瘩汤，不但充饥而且好吃。巧手的母亲让我们一家老少走过了那个非常时期，没有一个人饿着或是因为营养不良而浮肿的。父亲说，这是母亲最大的本事。母亲也着实让街坊邻居们佩服了一阵子。当然，这也是母亲引以为荣的一件事。

母亲做的面疙瘩汤，滋味至今犹存唇齿之间。

而真正给面疙瘩汤添上幽默一笔的却是温州的知识青年，他们着实丰富了其食文化的内涵。

20世纪70年代，数以万计的温州知青来到遥远的北大荒，真诚地接受贫下中农的再教育。

哦，我的北大荒，你给我们这一代人留下了难以磨灭的印象，而面疙瘩汤是我们生活中一个饶有滋味的开心果，曾经让我们如此开怀。

黑龙江只适宜种单季稻，因为产量低，知青们常年累月吃的是高粱米稀饭、玉米面窝窝头，只有在节假日，才能吃上一二顿大米饭解解馋，而白面则被束之于"病号饭专用粮"之阁。物以稀为贵。白面，在那个时候、那个地点成了稀世之宝。连队对病号饭的控制很严，规定身体发烧38摄氏度以上才能休病假，才能吃病号饭——面疙瘩汤，一般的小病小痛与面疙瘩汤是无缘的。

谁都想吃到白面，可是平时谁又能吃到白面呢？

"人是最聪明的"看来是一条颠扑不破的真理。不知从何时起，连队里的温州籍男知青便流行患"病"。往往是，你病了三天刚愈，接着便是另一位男知青"哎呀"连声地病倒不起了。体温都在 38 摄氏度以上，三天病假，顿顿是病号饭。炊事员用面粉加水搅和成"小球形或块状的东西"。油锅爆葱花，还格外加上几片令多少知青望眼欲穿、三四个月也不一定能吃上嘴的猪肉片，香喷喷的，油花花的，离着几里地，也能闻到面疙瘩汤诱人的香味。这些"病号"一顿就能吃下三大碗面疙瘩汤，似乎还有点儿"意犹未尽"，未等到下顿开饭的时间，这些"病员"就跟在炊事员的屁股后头嚷嚷着要吃，一副猴急相，常做病号饭的东北炊事员挺纳闷，跟人说，这帮身体发高烧的"老蛰皮"（浙江知青别称）怎么都这样好胃口？

　　解开炊事员疑问的还是温州知青，套用一句温州土话，纯属"老师踏西瓜皮上"（温州俚语，内行人反而失手）的事情。这位 "患病"的男知青，低首垂眉紧裹衣服，上了场部卫生室，主诉：浑身难受，没一个好过的地方。医生十分认真地将体温计夹在这个病号的左腋下，等把体温计拿出来看时，一声惊呼"哎呀，42 摄氏度！你还能站在这里？！"又把体温计向病号的右腋下插去——，"病号"本能地扬起左手想阻拦时为时已晚，只见一个被烤得热乎乎的土豆蛋顺着衣摆从他的棉衣内骨碌碌地滚到了地上——产生了静场效果。此时无声胜有声，在场的所有人都愣住了。医生从地上拾起土豆来，那土豆蛋烫得她来回倒手。大家恍然大悟，于是哄堂大笑，笑声从屋子里窜出来，在农场里满地打滚，没有人不知道的。

　　"病号"原来如此。

　　"土豆蛋"事件成了三江平原上知青群里的焦点话题

和热核能反应，还由此挣了个"温州人头发丝也是空心的"流行说词——这句话以此为起源说是没有错的。被他们称为打牙祭的白面疙瘩汤从此成了泡影，分场医务室对病号的检查更为严格了，就怕有人效仿泡病号。马失前蹄的温州知青，自然成了"千夫所指"。这位知青的分辩是：没想到把土豆蛋烤得过烫了。一些想吃面疙瘩汤的对此惋惜不已，美好愿望成了黄粱一梦。面对千夫所指，露馅的知青一脸"负罪"的神色，让人忍俊不禁。

由于面疙瘩汤曾有过与滚烫土豆相关的有趣轶事，因此当年的知青对其便有着深深的眷恋之意，是趣，每每提及，便引起一阵哈哈大笑，笑声很响，仿佛直冲屋顶。那一种情致，那一种情怀，真不是一句话两句话说得清楚的了。

返城多年之后，一次，一位知青朋友在温州一大酒家请客。席间，竟然端上了一大碗面疙瘩汤来。南方厨师是在这位知青朋友精心指导下做出来的。现在的面疙瘩汤，佐料中有了山珍海味、美味菜蔬，其形自然和以前充饥之食及病号饭有所不同了，品质被升华了许多层次。只是，席间，知青朋友们津津乐道的还是"病号饭面疙瘩汤"的趣事，其遗韵，也许正是"醉翁之意不在酒"吧……

家有球迷

群情激昂的第十四届世界杯足球赛落下帷幕了。这是一个让全世界球迷为之疯狂的赛季。这 30 多天的比赛，着实让男人癫狂！临近世界杯结束的日子里，我家球迷的灵魂才从极度的亢奋中渐渐地得以回归，然后开始算着下一届世界杯开赛的日子。此情此景，充分演绎了古诗中那种"相见时难别亦难"的眷恋，说不出的难舍难分之情全部写在了他那张有些岁月痕迹的脸上。四年一届，屈指可数，四年一狂欢，诚可期待。

夫君年近花甲，是一个饱经生活坎坷、趋向沉稳的人，然而看起足球比赛来，他便成了一个不折不扣的"少年球癫"，把古诗中"老夫聊发少年狂"的情态表现得充分而丰富、淋漓而尽致：看到好球，情之所至，拍手叫绝，手之舞之，足之蹈之；不中意处，了无声息，闷头不语。看来，"男儿有爱不轻谈，只是未到动情处。若是遇到真足球，岂止是卿卿我我"。这个月，老球迷迸发出的激情高有万丈，燃烧的火焰势可冲天，比青年人还要疯癫几分，耶。

　　夫君迷球的历史可追溯到少年时期，在读初中时他就是一个不折不扣的球迷。他踢球有点儿拼命三郎的境界，为足球，仅骨骼就受伤多次，脚上的、腿上的、胸骨上的、头顶上的，可以说是遍体鳞伤了。至于擦伤一类的皮肉之伤那就多不胜数了。他真正是为足球消得人憔悴，此心此情终不悔。

　　夫君第一次为足球受伤，尚在初中读书时，那时我们也仅是校友，他不认识我，我也不认识他。但是，他在学校的足球场上已然尽情驰骋了，名号虽不响亮，可也小有名气。他是踢左前锋的，又肯下力气，在传球进球的时候与对方发生了合理冲撞，这一"合理"不要紧，他的右脚踝受伤了，他只得暂别球场养伤。但是，如果球场上有战斗，无须号令，只要球场上传来声声呐喊，他就必然会出现在足球场边观战，附之同样的呐喊，激情饱满，声音震耳，犹如场上的一员。人都说伤筋动骨一百天，可那个家伙，连一半的时间还不到，又赶着上足球场了。右脚肯定是不能出球了，他就改成用左脚。右脚一颠一跛着，左脚下力。没想到，及至右脚伤好，他的左脚却训练了出来，成了足球场上独一无二的一位"左脚左前锋"战士。且不说球技好不好，精神总是可嘉哦。

　　我们这一辈人，绕不过知青时代。夫君支边到了黑龙江莲江口农场又与趣味相投的人伙起来踢球。没场地，以场院权且充当；没球网，用白石灰在场院的两边画线为网；谁当裁判？他们又踢又裁。这样的情景，自然大有热闹可观。一吃完晚饭，只要没有政治学习，再苦再累，一声似不经意的呼唤"场院地干活",好球者便相随而去。知者，是为球也，不知者，以为真正是去干农活，直夸这些知青是好样的。嘻嘻。球踢多了，墙漏风了，踢球成了半公开了，这下大家才知道，他们是为球忙。好在，领导表示了理解。

知青农场为了活跃文化生活，年年都有体育运动会，比赛项目也多，大半是劳动化、军事化的，球赛也有，独独没有足球赛。然而，足球是什么呀？是阳刚啊，是男人的雄姿呀，是年轻荷尔蒙最强劲的演绎呀，没钱也不能没有它呀。在知青的要求下，每个分场开始组建足球队，叫号：到运动会上决一雌雄。这一组建，恰好把"场院地干活"者全部从地下拽到了地上，竟然成了气候。那个家伙自然是其中一员。左脚左前锋，不能没有他。他们要代表分场去比赛了，好像将军出征，英姿勃发。那一届的莲江口农场运动会，正巧是在阴雨天之后，球场上一汪汪的雨水。足球运动员尽管个个摔得像泥猴，但威风八面，释放了全部的青春活力，胜负倒在其次。观足球者众，用东北知青的话说，哎呀妈呀，贼过瘾。

知青返城了，夫君的爱球之事自然有口皆传，他又成了单位所辖系统足球队的一员。练球，踢球，比赛，乐此不疲。他在场上腿勤脚勤，一上场，有人就有节律地喊"左脚，左脚，左脚"。那场比赛，又出现了"合理冲撞"一幕，自然是伤着了，是肋骨骨裂了，一连数月服用治疗跌打损伤的中药。真是"好了伤疤忘了疼"，刚刚见好，在一场比赛中，夫君顶球时，被对方狠加阻挡，当时就大头朝下倒地，一瞬间，竟然脑袋里一片空白，不省人事，良久，在队友的呼唤声中才慢慢回过神来。这些事，更加深了我对足球"野蛮"的认知。出于对夫君健康着想，我向他出示了黄牌。警告有效。我称足球为"野蛮运动"，是要伤倒一大批球迷们的心，然，我别无妙语。

其实，我对足球的"野蛮"印象是有根源的。早在初中读书时，一次路过操场，我被一记长射击中。那球不进球门，偏要与我的脑门来一个同高度冲撞。这一撞，头顿时嗡嗡地响，眼前金星四溅，身子是晃了又晃，倒又倒不了，站又站不稳，走又迈不了步，那情景让人好不尴尬。足球，给我的第一印象是实实在在的重创。因此，我很顽固地认为，足球与其他球类相比，显得更为粗野。

早些年，每逢温州有足球比赛，夫君便忙不迭地找朋友要票，带上我和稚子去观看，以培养我们对足球的热爱。夫君的工夫没有白费，稚子对足球颇具好感，父子俩一起去球场看球助威，去寻找球赛的狂热与欢乐。前两年，凡中国男足参加国际比赛，中央电视台体育频道就被父子俩锁定，他们眼巴巴望着现场直播，带着朴素的民族感情，希望中国队能赢。有一场球，传球、运球都相当激烈，父子俩眼珠儿似乎都盯得快冒出来了。那球，就是在中国队的脚下翻滚，在对手的门前徘徊，父子俩同时从沙发上一跃而起，异口同声"快射"，可那球，却在国足的脚下溜溜地走了。气得老子恨恨地说："臭脚！"儿子不满地批评："个人英雄主义！"每每中国男足难以在比赛中出线，父子球迷也都要快快不快多日。唉，中国的足球啊，中国的足球，让人欢乐让人愁！不过，球迷的眼界自此也打开了，立足中国放眼世界了，快乐地看天下足球了。

这次世界杯之前，正值天津卫视播出新版电视连续剧《三国演义》，其剧情引人入胜，看电视成为一家人每天晚餐后的"必修课"。我家球迷眼睛看着电视剧《三国演义》，嘴上却说："世界杯快要来了""世界杯就要来了""世界杯真的来了"。言简意赅，这是球迷发出要优先超车的信号，这古典的"三国"之战，必然要让道于现代版的多国之战。"三国"之战与多国之战相撞，焉能胜乎？天津卫视退场，中央电视台体育频道成了我家球迷快乐的夏令营，场场不落。

南非与墨西哥于 6 月 12 日首次开战，现代版的多国之战争就此拉开帷幕，群雄逐鹿，绿茵场的烽火狼烟四处弥漫开来。"旌旗初下绿茵场，南非处处闻号角。声声激烈述壮怀，鹿死谁手看过来。"自此，各国家足球队展开各种攻势，三十二强角逐十六强；败者退出，胜者再一路拼杀，争进八强；败者再退出，拼搏进四强。就这样一路过五关斩六将的，直拼得一个赢家称雄。罗比尼奥、克洛泽、罗西、朴智星、C 罗、比利亚、罗本等球星，壮志冲天，直拼得天昏地暗，大雨瓢泼，老天也来助威。德国队 40 多年来，再度碰上了宿敌英格兰队，这一场足球之战，摆开了阵势，双方摩拳擦掌，欲将几十年的恩怨情仇来一个了断。德国与英国对垒，成为全球球迷最为关心的 21 世纪的大事记。我家球迷最关心这两只足球队会有怎样的博弈。这样的悬念让球迷们很期待。英国的媒体评述："这不是比赛，而是一场战争。"在球迷众目睽睽之下，德国战车以 4：1

大获全胜，痛痛快快地结束了这场两国之战。胜者，好不阳光，狂喜，张开双臂奔跑，显露出儿童般的烂漫与天真。败者自然沮丧忧伤。巴西国足对战荷兰国足，荷兰胜。这一结果大出我家球迷的意料，他们认为应该是巴西队胜券在握的，好不郁闷。随后，德国战车又破阿根廷队，世人自有评说：得意的德意志，哭泣的阿根廷。德国队碰上了西班牙，强强较量，德国队不敌西班牙。我家球迷评说："此牙厉害，有咬劲，成了德国队的新克星。"又是一番兴奋和狂喜，双目熠熠生辉。赛场风云谁人能把握？球迷的喜忧自然无常。说不清的足球啊，总是给球迷们以快乐、以忧伤。

　　忘情的 30 多个日日夜夜，是我家球迷的幸福时光！

墨迹淡开

我所知道的唐湜先生

——对历史的信心是他的太阳

我与唐湜先生见过几次面，是为了诗歌。他那时已经是耄耋老人了，鹤发童颜，但是仍然沉浸在写诗论诗的海洋里。

说起我和唐湜先生的认识，完全基于我的爱好。我喜欢唯美婉约的诗歌、散文、犀利的杂文和耐人回味的小说，是个文学爱好者。我崇拜文学大家，总想有朝一日能够去拜访一些文学大师。九叶派诗人之一的唐湜先生是我所崇敬的。他又是温州人，住在花柳塘社区，离我所在的学院路不远。我是从一个朋友那里得到了唐湜先生的联系电话的。说实话，开始给唐湜先生打电话时，心里是有点儿紧张的，怕他忙，因没有时间而有所推辞。揣着几分不安打过电话去，接电话的正是唐湜先生。我先问他好，他回答说："好，好，好，你也好，都好，都好。"语气里透着和善。我原先紧张的心情一下子轻松下来了，大诗人没有架子！想象中，唐湜先生应该是一个和蔼可亲的人，或者是一个童心未泯的老人。我与其约好了见面的时间。

　　2000 年秋初的一天，天高气爽，阳光灿烂。我特地跑到鲜花店，精心挑选了一大捧红色的康乃馨，寓意对大诗人的健康祝福，怀着十分崇敬的心情和一点点的忐忑，轻轻地叩开了唐湜先生的家门。开门的正是唐湜先生，当时已 81 岁高龄的大诗人，步履已有些迟缓，可是他仍然走过来迎接我，这让我十分感动，甚至让我有点儿受宠的感觉。我把鲜花献给他，并祝他健康快乐。他接过花去，显然很高兴，笑容如同孩童，目光里一闪一闪地透着喜悦。我理解，这些年来，中国诗坛虽然是繁荣的，但诗人是寂寥的，作为文学精灵的诗歌，作为时代号子的诗歌，一时失去了很多的欣赏者。

　　老诗人的家简洁朴素，唯有书架，高高的，从墙的这头一直到那头，占了整整的一面墙。一层一层的书沉甸甸地叠加，有的隔板都被压弯了。书架的顶上也放满了一摞一摞的书，还有的书干脆就放在凳子上、椅子上了。这里有他自己的诗歌著作，也有大量的文学历史著作，说他的书堆积如山是不过分的。我被先生的"书山"给镇住了——这需要多少的学识，又需要多少精力去博览？他的书房里，只留出办公桌面上的一块天地，那是他的一叶轻舟，任他在诗海中荡起双桨，"桨声幽轧满中流"。

　　唐湜先生，文质彬彬。他满头雪白柔软的银发，四方脸，白白净净，两道浓浓的剑眉下，是透着诗人写不尽的纯朴、善良与和蔼的炯炯有神的目光，能让人从中看见缪斯之神采和老来的天真活泼。从他的身上，我看不到几十年坎坷留给他的沧桑，有的是对生活的热爱。怪不得，唐湜先生会成为中国新诗的大家，就是他这样的性格和特质，让他的诗歌充满了日月的芬芳，在沧桑里开花。唐湜先生放好了花，又忙着为我搬椅子，我急忙迎上去，接过来坐下。端着唐夫人递给的一杯热茶，心里暖暖的且也不免有些微微的歉意，毕竟，唐湜先生和夫人都年事已高，我多有打扰了。唐湜先生真是个可爱的老者，我的来访，他显然很是愉悦的。他说，现在喜欢诗的人不多了，像我这样因诗缘而来拜访他的人，真的让他很开心。有人喜欢诗，欣赏诗，他会感到很高兴，"谈何打扰？"唐湜先生的坦率与真诚使我的拘束完全卸下了。我们的话题从他的诗歌创作开始，聊中国古典诗词和外国古典十四行诗以及他的人生经历等，话题漫长且十分清晰。我们这两个相差几十年的人，因为诗，聊得很投机。也因为投机，后来我多次去拜访过他，用现在的话说，我应该是他的"粉丝"一级的存在。交流中知道了他对诗的执着，对诗的奉献，对诗的忠贞不渝以及为此所遭受的坎坷。

唐湜先生的诗歌创作从上海起步。

1947 年，唐湜在上海与臧克家、杭约赫等诗人认识，并与李健吾、胡风等文坛前辈相识，参加了《诗创造》月刊的编务工作。次年，又和辛笛、陈敬荣、杭约赫、唐祈等人创办了《中国新诗》月刊，与北方诗人穆旦、杜运燮、郑敏、袁可嘉等人南北呼应，共同倡导诗的现代主义创作，推进了中国新诗的发展，逐渐形成了新诗中的现代诗派。《诗创造》《中国新诗》两个诗刊在他们的精心培植下生机勃勃，为推动中国的新诗发展发挥了重要的作用，就此形成了"中国新诗派"。新诗派对中国的历史与现状进行了思考而后发出了心底的呼声。1948年，国民党查封了他们的《诗创造》和《中国新诗》两个诗刊及其出版社。唐湜先生为了生存，只好从上海回到温州故里，开始了他的教书生涯，直至温州和平解放。

关于"九叶派诗人"的源起，却是因为唐湜先生和辛笛、陈敬容、杜运燮、杭约赫、郑敏、唐祈、袁可嘉、穆旦九位诗人曾在1981年合出过诗集《九叶集》（由江苏人民出版社出版）。《九叶集》是春天里爆出的第一枝迎春花，相当惊艳，又恰逢改革开放初期，在文坛上，动人心弦，影响深远。因而，他们九位老诗人又被文坛称为"九叶诗派"。

唐湜先生说，九叶诗派的特色是紧扣时代脉搏，将民族忧患和个人的生活体验相融合，写出诗人的感受。"诗人的感受"实际上就是代表了一种民生与艺术的有机结合，而后歌，而后吟。歌为心声，诗为言志，"达到一种人生与诗意交错叠合的综合效果"。说诗，是从诗人心谷流出来的清泉，是绝对不会错的。唐湜先生的作品在中国文坛上，在中国现代文学史上都熠熠生辉。九叶诗派因《九叶集》而得名，他们的诗形成了自己的艺术风格与特色：唯美婉约、浪漫抒情、有伤痕却不呻吟且乐观。

巧合的是，在古希腊文化中，缪斯之神也有九个，其中的一个就是诗歌、艺术之神。

我好奇地问唐湜先生："九叶诗派的含义除表明诗人的九数之外，是否还有他意？"唐湜先生笑了："有啊，九叶，九叶就是表示我们九个人只是诗坛上的九张绿叶而不是红花。"哦，原来如此！诗人那种甘为绿叶，愿意衬托红花的思想境界、虚怀若谷的君子风度和他们淡定从容的心态，很容易让现如今浮躁的人心有所冷静，他们豁达的胸襟流露的是一种"平平淡淡才是真"的深刻哲思。

中国的新诗从 20 世纪的 40 年代后，有两个诗派引人注目：一是以胡风为首的"七月派"，一是诗坛常青的"九叶派"（时称"中国新诗派"）。七月、九叶两大新诗流派，都为推动中国新诗创作和发展留下了不少灿烂的诗篇。而唐湜先生是"九叶诗派"的代表人物之一，为九叶诗派夺得"当今十四行诗人"冠冕的第一人。十四行诗，最早起源于意大利，文艺复兴时期流行于欧洲，是外国古典格律诗，其代表诗人是莎士比亚。《中国十四行诗选》（由中国文联出版）中，唐湜先生就有 43 首十四行诗入选，数量居首。钱光培先生认为，唐湜因十四行诗的创作与探索的丰富可以进入世界十四行诗史。这样的评价是很高的。洪子诚在《中国当代新诗史》中，更是肯定了唐湜先生，称他是极为专注地运用十四行诗来进行格律实验的诗人之一，评价他用十四行诗写成的自传体长诗《幻美之旅》可与闻一多的《剑匣》《李白之死》相较，唐湜先生诗中跳动着英国诗人约翰·济慈这样的忠实于艺术的精灵。作为忠实于艺术的精灵，唐湜先生的确在诗坛闪过耀眼光芒，促进了中国的十四行格律诗的发展。不过，他也沉默过，曾从诗坛上消失过 20 多年。在消失的 20 多年里，诗人并没有停笔，仍在不断地创作。听唐夫人说，在那个时候，他也是一天写到晚，只是写诗。是的，只有写诗，他才能让精神有所寄托，这和他的信念是一致的，因为他相信春天迟早会到来。20世纪70年代末之后，他的大量诗如柔曼唯美的芦笛声声，又如一眼奔涌的泉水源源不断。他的新诗，有澄明柔和的，有雄豪奔放的，大多是抒情诗的精品。我真的很敬佩诗人，在多少诗人踟蹰不前的时候，他依然为了心中的追求不言放弃，创作了脍炙人口的新诗。不甘沉默，保持一个诗人的气度。

诗人唐湜从沉默中再度崛起，引起了中国文坛的广泛注目。他从大起大落的生活中来，从坎坷的人生经历中来，却创作了大量唯美的诗篇。他的诗，格调是明丽的。这在伤痕文学流行的文坛上，好像一朵清香而洁白的百合。他这一时期的诗里没有对"伤痕"的诉说，被文坛称为"奇异的心理现象"，尽管那一时期的伤痕文学是那么流行。我在想，唐湜先生该用怎样的信心和毅力摁住他那受伤的伤口而歌唱啊：

"幻美的希望又鼓起风帆，

叫歌人的小帆船神采飞扬，

跟随着扭曲的小河前航，

去寻觅一片奇丽的峰峦，

哪一个诗的神奇的国土，

交响着爱与美的梦之谷……"

这就是诗人，历尽浩劫却吟唱出的人生美丽，去寻觅一片奇丽的峰峦、一个诗的神奇的国土。只有诗香如故，没有哀伤而自怨。

我喜欢他的诗的美丽意境，我更喜欢他诗中自然流露的真淳情愫。他把痛苦变成了生活中一道道的美丽色彩，赤橙黄绿青蓝紫，当持彩练长空舞。诗人的诗里没有痛苦的呻吟，没有精神的压抑，只有对生活充满的希望和信心，因而真诚地赞美。他的精神世界，完全超然于痛苦之外。他的诗歌里，闪烁着莎士比亚的色彩和普希金的光芒。生活没有欺骗他，他真实地生活在这块土地上，是真实的歌者。

诗人是这块土地上的一颗明珠，是这块土地的骄傲。

唐湜先生为什喜欢诗，为什么对诗如此执着？为什么诗在他的心里是如此的美妙？唐湜先生说，他从小就喜欢诗，他觉得诗歌从来就是美的。

1920 年，唐湜先生出生于温州市一个书香门第；他的家就在一个依山傍水的名叫上塗的村子里。祖父是个买卖人。唐湜先生的父亲，在当地创办了第一所小学，并亲自担任校长。他的母亲亦出身于书香门第，识文断字。他的舅舅是戏曲史论家王季思。我想，许是大自然的灵秀与优裕的家庭生活条件，给了诗人童年蒙眬美好印象以及曼妙诗魂的早期萌动。他手不释卷地读的诗，充满了童话里的浪漫，他常常在亭亭如盖的大树底下：

"躺下来听昆虫们合唱着晨歌，
在丰茂的小草间不停地跋涉，

阳光像一道道金光明灭，

给我们打开了一个新的世界……"

唐湜很早就具有诗人的才气了。他 17 岁在读高中时，就在校刊上发表了 100 多行的长诗《普式庚颂》（普式庚即俄国诗人普希金）。然而，正当他希望自己的小帆船能在诗海中航行时，"七七事变"爆发。血气方刚之际的唐湜拜别了他所神往的缪斯之神，决心投身抗日救亡运动。他找过在浙南山区活跃的中国抗日武装力量，他更渴望去延安。当得知中华民族多少优秀儿女都聚集在延河边、宝塔山下，他更加心向往之！但当时的武汉已沦陷，从南方到延安，路途十分艰险。青年唐湜和他的朋友们，为去延安做好了准备：先到西安，然后再赴延安。不料他们几经周折，马上可以如愿以偿之时，被一个朋友的妻子向国民党机关告了密，三人在去延安的路上被捕，被关进"西安集中营"。他在国民党的大牢里度过了两年多的铁窗生涯。后经温州同乡、好友项景煜的多方营救才得以出狱。出狱后的唐湜，救国的热情又使他拿起了芦笛，在当时谢冰莹主编的刊物《黄河》上发表了诗作《海之恋》，倾诉一个有志青年，对铁蹄下海滨故乡的忆念，对故国家园的热爱，用诗表达了他的满腔爱国之情。1943 年，唐湜考取浙江大学外文系，开始接触莎士比亚、雪莱、济慈，并深受他们的影响，进入了梦幻般浪漫的诗之王国，开始了高昂的放歌。他的 6500 行长诗《英雄的草原》、组诗《骚动的城》等大量诗作，都出自这一时期，记录下了中国曾经痛楚多难的历史和他个人的生涯。

青年唐湜自此开始了真正的诗艺探索与创作，将民族忧患和个人的生活体验相融合，写出了诗人为家国被蹂躏而发出的声声呼喊。

中华人民共和国成立之初，他受北京诗友唐祈的邀请，到北京工作，担任《戏剧报》编辑。1954 年，"胡风反革命事件"突发，他受到牵连，再次回到了故乡温州，在永嘉昆剧团做临时编剧工作。后来，为了一家人的生活，他又到温州市房管局下属的一个房屋修建队谋求了一份体力活，搅拌着水泥、石灰、沙石。每天风尘仆仆，每月挣得30元的工资用以养家糊口，当了15年的普通工人。10 年之后，他被调到温州市文化局下属的艺术研究所当了研究员。

20 多年的人生艰难，未能叫唐湜先生放下手中的笔，放弃对美好生活的憧憬和歌吟，他不断地创作新诗。这是多么坚毅的品格。他的执着和胆识，使他的身边聚集了一批有志于文学的温州青年人。他们景仰唐湜先生的才学和人品。当时，唐湜先生居住在东城下，他的家无形中竟然成了这些文学青年的精神家园。唐先生是这些文学青年的良师益友，他为青年人讲戏剧，讲莎士比亚，讲布莱希特；讲斯坦尼斯拉夫斯基；讲拜伦，讲惠特曼；讲诗歌，讲十四行之格律……雨过天晴，当先生的政治地位和文化价值重新被确认之后，他仍然是后辈们的谦逊、热忱、忠实、可敬的长者和朋友。在最难熬的时期，他写下了 20 多首叙事长诗、2000 多首十四行诗，还有 500 多首其他格律诗。他这一时期的创作，依然是唯美的，没有苦难的忧伤、劫难的伤痕，也不见有落难人的怨声与愤懑，字里行间，依然充满着淳朴的气质和浪漫的幻美色彩。诗人真正是哀而不伤啊，这该是一种什么样的执着和坚毅啊！让人肃然起敬。

1978 年以后，唐湜先生的历史叙事诗集《海陵王》《春江花月夜》，南方风土故事诗集《泪瀑》，两部十四行诗集《幻美之旅》和《遐思——诗与美》，十四行诗选集《蓝色十四行》，一本诗意清新的散文集《月下乐章》，诗论集《新意度集》等陆续发表和出版。1982 年，唐湜先生加入了中国作家协会。他的诗论集《一叶诗谈》于 2000 年出版。那天，我正好去他家，他高兴地拿给我看，我真替他高兴。他的诗和诗论，犹如一朵朵鲜花，开放在风雨后的文坛上，鲜艳而夺目。这些诗篇使他再度崛起，驰名文坛。他的诗友，九叶派诗人之一的辛迪作诗赞赏道："月朗风清君笔健，年年问世有新篇。"唐湜先生对诗歌创作的坚持，使他心中的"欧罗巴"芦笛永不停息，为中国新格律诗的升华做出了贡献。

唐湜先生精神上从来没有过苦难，即使有，也被他当作了磨炼。诗人是长寿的，他活了 85 岁。他的诗是长寿的，至今还被吟诵，这能不说是个奇迹？我知道，一些很多有才华的诗人，他们都在一个时间段封过笔，或者写出来的东西遍体鳞伤，而唐湜先生的自传体十四行长诗《幻美之旅》中有一节这样唱道：

"终于闪现了璀璨的阳光，

一个迟暮的春天来临了，

沉默的年华可没有虚掷呢，

他张开了一对奋飞的翅膀，

向幻美的海洋飞翔，

对历史的信心是他的太阳……"

唐湜诗歌中表现出来的新古典主义的特质，依然是唯美婉转的，充满着希望的；依然是喜悦的，充满着自信力的；依然是坚毅的，给人以积极向上的启迪。有诗评人对唐湜的诗作如此评价"诗人尤为擅长抒情，或柔美婉约，或缠绵悱恻，无不诗意葱茏，那温柔的色调、舒缓的节奏、唯美的辞藻所营造的意境，令人深深陶醉。……唐湜之诗，题材广泛、情理交融、清新隽永，处处体现着对人生的终极关怀。即使是有关人生苦难的题材，也总能做到哀而不伤，并力求超脱于平庸惨淡的生活，从而给人以愉快、纯洁、静穆之感"。

唐湜先生一生没有离开诗歌艺术。著有诗集《飞扬的歌》、《海陵王》、《九叶集》（合作）、《遐思诗之美》、《霞楼梦笛》、《春江花月夜》、《蓝色的十四行》，评论集《意度集》《新意度集》《翠羽集》，论文集《民族戏曲散论》，长诗《英雄的草原》等几十本诗集和诗论。先生首先是诗人，真诚地写作是他的本分。"唐湜最让人感动和佩服的就是他沦落底层仍写诗不倦的坚持。"（诗人、原人民文学出版社总编辑屠岸语。屠岸曾是唐湜在《戏剧报》工作时的同事。)信念,使他相信历史"对历史的信心是他的太阳……"

　　2005 年 1 月 28 日下午,唐湜先生离开了他热爱的故乡和与他一辈子相守的诗歌。我写这篇文章,算是对先生一个迟来的纪念吧。纪念这枚文坛上的常青树叶。

打倒"爱情"

诗人何其芳把爱情比作"婴孩脸涡里的微笑"——这是爱情的纯净与美丽；"是传说里的王子的金冠"——这是爱情的高贵；"是田野间的少女的蓝布衫"——这是爱情的朴素。高贵纯洁朴素的爱情纯净而美丽，是世人千年的向往。中国的古诗歌谣中，爱情，是一个"窈窕淑女、君子好逑"的曼妙，爱情是那种"同饮一江水"的浪漫，怎么不令人神往。

"关关雎鸠，在河之洲。窈窕淑女，君子好逑。参差荇菜，左右流之。窈窕淑女，寤寐求之。求之不得，寤寐思服。悠哉悠哉，辗转反侧。参差荇菜，左右采之。窈窕淑女，琴瑟友之。参差荇菜，左右芼之。窈窕淑女，钟鼓乐之。"这一首古老的爱情颂歌在广袤的中华大地上流行了千百年！

爱情，也有人说它是西方伊甸园里的一只红红的苹果，清香而美丽，浪漫且诱人。伊甸园里成长起来的那纯朴的、那善良的、那美丽的爱情，带给世人生活中最为绚丽的色彩和香甜。人们希望爱情是美丽的，苹果，总是那样香甜，那样纯洁，那样美好。无论东方西方，爱情，总是让人喜形于色。啊，爱情，纯洁的爱情，让多少人为之心情激荡，让多少人为之迷恋，又让多少人为之倾慕啊。

是的，我们追求执子之手、与子偕老的爱情，天长地久。

忽然，有一天的早上，我们醒来，眼前的在河之洲，雎鸠，还在关关和鸣吗？它们是飞走了吗？伊甸园里的苹果，也不再那样美丽了？绿叶是否已经失色，蒙垢的苹果还纯洁香甜吗？

爱情，它，怎么了？

500 年前，莎士比亚就把爱情比作了暴君。爱情怎么成了暴君！？是什么让莎士比亚愤怒地斥责爱情为暴君？而中国的诗人何其芳也曾在《夜歌与白天的歌》一诗中描述道：没有爱情的人，为没有爱情而苦闷；有了爱情的人，又为有了爱情而苦闷。爱情给人们带来了什么？因此，他忍不住要喊出一句："打倒爱情！"据说，何其芳先生在大学演讲时曾经高呼"打倒爱情！"回报他的是雷鸣般的掌声。

这是共鸣，能产生共鸣的是共识。

爱情怎么了？它为什么要被当作暴君而打倒？

被歌颂了千万年的爱情，究竟是什么触痛了东西方诗人们那敏感的心？以至于一个要打倒暴君，一个要打倒爱情呢？

有一首被人们唱不绝口的流行歌曲，歌手这么唱道："城市中流行着一种痛，那是爱神之箭偏离了它的方向……

呼！如今的爱神之箭跑偏了方向，丘比特带给人们的就是一种流行的痛。

有人在无比痛苦地摇着头，忧郁地唱失去爱情的歌；有人在轻声喟叹，沉重地修复着被爱情伤害的心灵，呼唤着远去的朴素的纯洁的爱情。

风从西边来。都市人在酒足饭饱之后，没有了约束，有人放纵了酒色，情感的闸门洞开。正如诗人们所说，一些没有得到爱情的人，为没有爱情而烦恼，天天呼唤着爱情的早一天到来。一些拥有了爱情的人，却也不见得喜上眉梢。有人在怀念和憧憬：窈窕淑女，君子"多"述，再也不是可爱的"关关雎鸠"了。情感的天空已经不只有蓝天白云，还有额外的欲望在云彩中飘荡。有些人尽管已占着爱情，但是还贪婪地窥视着人间的情欲，打着追求"爱情质量"的旗号，投机着"没有爱情的婚姻是不道德的"的市面，闹哄哄地你来我往。有人不惜充当第三者，又乱哄哄地满世界寻找追逐所谓的伊甸园苹果，就像一群饥渴的荒地上的苍狼。此间上演了多少人间冷酷，多少家破人亡、妻离子散的悲剧。莎士比亚说放纵情欲的是暴君，应该不假。针对这些不再负起家庭责任的人来讲，"打倒"所谓"爱情"是时势，这些东西方打着爱情旗号的狼，四处游荡，大肆吞噬着人间的那份纯朴的情感。

朋友说，有一位中年女性，本来已拥有了一个美满的小家庭：有一个颇具才干的好丈夫，女儿又是重点中学的学生。可惜的是，这位爱慕虚荣的女人，卷入了一场所谓的"追求爱情"之旅。寻寻觅觅，去寻找她梦里金碧辉煌的"爱情"、她眼中那个罗曼蒂克的"爱情"。因为不懂得何为爱情的真谛，去"插足"别人的家庭两年多，体验着那种幽幽暗暗的梦幻般的道德之外的爱。

都说，恋爱中的女人是愚蠢的，何况又睡在自作多情的迷梦中。

是梦，总有醒来的那一天，待梦幻爱情破灭惊回首时，已无人等在灯火阑珊处！女儿弃学，丈夫离去，结果，好端端的一个家，呼啦啦似大厦倾。及至后悔号寒时，为时已晚矣！为了一个虚幻的"爱情"故事，毁了一个金巢玉窝，叫人好生叹惜。如果她懂得珍惜，如果她懂得世上真爱，如果她懂得有那么多的人要打倒所谓的婚外"爱情"，那种短暂的，不能在灿烂阳光下的爱情，她还会去寻觅吗？我想，她是不会的。只是在当下乱舞的"爱情"旗帜下，她迷惑了，没有辨明方向的能力，成了一只没有了归巢的丢了真正爱情的小鸟。关关，谁说不可怜见。

这样的故事，我们曾听过多次，情节大致相同，变换的只是男女主人公而已。叫人费思量的是，多少世事任嬗变，照样有不少男男女女未能从"寻爱"的迷阵游戏里跋涉出来。这就引起了心理学家的好奇心，他们做了专题研究，竟然发现所谓的"爱情"也能使人上瘾！使其上瘾的爱情，是寻欢作乐，是寻花问柳，这样的人不了解"爱情"为何物，不懂得"爱情"的真谛，更不会去珍惜真正的爱情。或许，他们不需要真正的爱情，只是贪图一时的露水之欢。他们也许认为，这就是"爱了，爱了"，就是"美了，美了"。当下，用道德伦理来打倒不道德的"爱情"，的确是应该的。

一位社会科学家对爱情做了这样的解释：爱情是由两部分组成的，一为性爱，一为情爱，缺一就不能称为完整的爱情。纯洁的爱情应是异性间两个心灵的撞击与融合。可如今，一些热衷于动物属性游戏的人，也把动物本能的泄欲划归于爱情的范畴，完成性和金钱的，或说是所谓感情的交易，迫使真正的爱情蒙黑蒙羞。还有一些人拉"爱情"大旗以"壮"行色，为自己对婚姻和真正爱情的不忠诚打掩护。如此一来，家庭生活自然是乱了，"红旗"忍辱不语并不等于没有苦痛，"彩旗"狂卷西风，步步紧逼东风，演绎了多少人间的悲伤。花花公子或花花女子为了金钱，为填空虚，无端地制造出多少所谓爱情的痛苦。

是到了打倒所谓爱情的时候了。我要举起拳头来，支援莎士比亚，支持何其芳"打倒'爱情'！"我们高呼！

打倒"爱情"，是个全社会的持久战。围城里的人要做好堵源头工作，把好你的门，珍爱你的人，守住你的情，自觉抵制那些为钞票横飞乱舞的秋波、飞吻与献媚者。在那些别有企图的、装痴的、讨好的到处乱撞的"爱情"面前，做到脸不改色心不跳，以示捍卫爱情的凛然之正气。

也说淡泊

为什么要说淡泊呢？

社会生活节奏不断加快，人与人之间竞争激烈，"情薄呵易弃掷"，人们都在感慨生活中的压力如山大，心理失衡者、抑郁寡欢者逐日增多，甚至生无所恋。淡泊于此时的出现似乎便有了积极的意义。

拿摩温在远去了几十年之后，似乎又回到了中国的土地上。各路竞争者，在经过许多艰难的磨砺，几度沉浮之后，在目睹了东边太阳西边雨之后，在穿过了云遮雾盖的迷茫之后，面对客观迷乱的环境，往往会心力交瘁：以往的追求遥不可及，个人的力量却又无法改变，迷乱之中，他们人们困苦不已。

那一天，我采访归来。正走间，忽听身后传来一声重重的闷响，惊回首，只见一位女子，裹着被子，已经躺倒在血泊里。我与她，大约只隔了五米左右。我惊魂未定，还没有明白怎么回事，就听到有人喊，有人从楼上摔下来了。街上的人们一时慌了手脚，迟疑着围拢来。有人认为她可能是在楼上晒被子，身体太往外了，不慎从高楼失足摔下来的，但也有街坊怀疑说，她可能是从高楼跳下来的，众说纷纭。120来了。民警也来了。我随着民警上楼。民警查看了现场，排除了他杀。女人还很年轻，家里收拾得很干净。看不出有轻生的迹象。邻居们说，可能是她一时"局牢了"。跳楼的女人被送到医院抢救。无奈，伤势太重，可惜，生命已无法挽回。我对跳楼的女人深表同情，是什么事情让她生无所恋，以至于以命相拼。事后得知，女人是因为感情问题而选择了跳楼轻生。街坊四邻为年轻的她逝去的生命感到惋惜，说她太想不开了，以至于用生命去搏。她为什么会想不开呢？是她的眼泪没有冲淡她的痛苦，是她无法看淡世事的纷纷扰扰？

我们对淡泊的感悟，往往是在笑过、哭过之后重归平静的一种思考；我们对生命的珍惜，也是在看淡了世态炎凉，闲看庭前花开花落之后的一种再审视。淡泊于此时，是洗涤心灵的山泉水。所谓淡泊，涵盖人生的林林总总、方方面面，是大彻大悟出来的人生之坦然。诸葛亮说：君子之行，静以修身，俭以养德，非淡泊无以明志，非宁静无以致远。为了志向，可以把名利看淡。他说的是。可是书上得来总觉浅，生活困顿中得来的"悟"才更加弥足珍贵，才能拿得起放得下——不汲汲于富贵，不戚戚于贫贱，使生命质量得以提升，这也是淡泊作为一种处世态度长期存在的缘由和根基。看淡一些，放下吧。人们会这样说。曾有友人紧锁双眉倾诉他的迷惑：活得真累！仿佛天天都得戴着面具，扮演着另一个自己。灯下，卸下面具后，常常自问，这究竟为了什么？不就是为了有一个比别人更完美的人生吗？！只是可惜，青云难攀，云梯有限，于无奈中叹息，"月亮还是那个月亮，山也还是那座山"。淡泊于此时，作为一种修行养性的态度，作为心理减压的调节器，作为重新规划人生目标的标尺，凸显了出来。

淡泊的不平凡，是它不仅能给忙于竞争的人们减压。淡泊，在理还乱的情感世界，也能让人心重归宁静，没有什么事能让人才下心头又上眉头。与其在苦恼中度日如年，不如去淡泊的驿站放松一下心情。为什么不以平常心态去直面人生的本来颜色呢？为什么要钻进"得不到的总是最珍贵"的牛角尖里去呢？有些事值得我们去思考，有些事，却如池荷跳雨，如过眼烟云。

——淡泊，是心灵歇息的港湾。不是江湖，不是大海。人生不需要张扬。

——淡泊，是一杯白开水。人生淡淡如水，却珍贵得让人回忆品味。

——淡泊，是一种经岁月打磨后的心智，它不该被误解成酸葡萄。

——淡泊，是一种人生的主观意念，荣辱不惊，神韵气骨，让生命绽放光华，再显卓然不俗之本质。

一位智者悟道：无论清贫与富贵，贬低与升迁，失落与拥有，对生命而言，这些都是手指缝里掉下来的芝麻。幸福与快乐是主观的一件事。好好地活着，活出自己，这才是生命中甜甜蜜蜜的西瓜。

是的，生命之花美丽，是要用淡泊的水浇灌的。

都市生活寓言

听恭维的代价

身材十分丰满的办公室主任被个性设计师描画了两个黑眼圈，以突出明眸；穿一件裙身是黑的，两袖是白色的衣裙，以示"清白"。

"具有鲜明个性的人同样具有惊人的才干！"设计师十分夸张地恭维着。

"超前意识强，美丽极了。"她的下属们拍着手大声赞叹着。

主任颇为自得。

不日，一外来办事的明眼人见了说，这办公室主任，怎么弄得像动物园里逃出来的大熊猫一般？办公室主任始知自己出尽了洋相，懊恼了好几天。又想怎么没人提醒呢？

有谁敢？生活中的箴言诤语能帮人找回理智。

养生者说

有一老人很在意养生，常向人打听健康长寿之方。一日他听人说："饭前喝点汤，养胃又润肠。"以后他每餐饭前必喝汤。后又听人劝说："饭后喝碗汤，赛过小儿郎。"此后他饭后必喝碗汤。两种观点常有是非争执。老人今天被前者说服，饭前喝汤；明天又被后者说服，饭后喝汤。后来为"一碗水端平"，干脆饭前饭后都喝汤。长此以往，倒把自己的胃撑坏了，消化道出了大毛病，住进了医院。

财神"横转"

兔年伊始，听到一则笑话：有人见福字倒贴，取其"福到"之意，他便"触类旁通"，遂将财神请到家中，横着贴在门扉上，邻人见了，提醒说，你的财神贴"横转"了。此公振振有词地说，我就要这个"彩头"——叫"人无横财不发"！邻人哈哈大笑而去。现在想发财的人太多，歪理也多。

分梨

四个梨，四个人分，常理是：一人一个，大小随之。不管怎样，每人都有应得的一份。

甲、乙、丙、丁都是有资质得到梨的人，按顺序，甲拿了一个大的；乙拿了一个中等的；轮到丙了，看看只剩下两个梨了，觉得甲的大，乙的也大，心理有些不平衡，遂把两个梨都抓了起来归自己。好不容易轮到丁了，大筐里却没有梨了。丁不肯，与丙去理论：为什么要昧了我的梨？甲、乙督促丙返还梨于丁。丙捡最小的一个梨切了一小半给丁，算是了结。丁依然不肯。要求维护合法权益。丙很不乐意地说：丁，你这个人真计较！甲、乙也相劝：算了，算了，丁你已经分到梨了，和为贵，和为贵，不要再计较了。丁既损失了应得的梨，又落了个"计较"之名分，大怒道："是你们分梨不公，是丙昧了我的梨，怎么反说我计较。如是，也是你们计较在先。当把昧下的梨还我才是！"

古有孔融让梨，被传为美谈。今有人拿了不该拿的梨，引起不公。

第六个饼

据说，一个赶路人饥肠辘辘，正好遇上路边有一摊饼小贩正奋力地叫卖。赶路人对小贩说："我肚子饿极了，等我吃饱了再跟你算账。"小贩答应。赶路人吃了一个饼没饱，连着又吃了第二个、第三个、第四个、第五个，直到第六个才饱。他打着饱嗝问："多少钱一个饼？"小贩回答："一元一个。"赶路人拿出一元钱交给了小贩。小贩质问："你吃了我六个饼，为什么只给一个饼的钱？"赶路人理直气壮地说："前面五个饼没有吃饱，不算，只有第六个饼才吃饱了，说好是'吃饱了算账'的，当然只能给你第六个饼的钱。"小贩不肯，说："前面五个打底的饼也必须依理给钱。"于是两人起争执，推来搡去。

世上很多事情，都是自以为聪明的人或别有用心的人引起争端，偷换概念去占本不该占的便宜或昧人劳作。

十年阳寿

民间故事说，一人猝死，家人恸哭。小鬼把这个人魂魄拉到了阎罗王面前，阎罗王问：下跪何人？猝死者说：我是某某。

阎罗王一翻生死册，发现小鬼捉拿错了。对小鬼说，他还有十年阳寿呢，送他回去吧。这猝死之人千恩万谢，遂还阳。猝死之人在家人的哭声中缓了过来，慢慢睁开了眼睛，家人破涕为笑。

缓过神来的某人跟家人说：我只有十年阳寿了，有什么好高兴的。想想，自己还没有活够呢，十年阳寿，也太少了点儿。为了补偿生命短暂的欠缺，从此，凡是好吃的，大鱼大肉大虾大蟹精细膏腴无不尽食；凡是好玩的，无不通宵达旦，尽兴而为。他想在这十年阳寿内尽快尽多地享受人生，不留遗憾。可是仅一年过后，某人又一次猝死。小鬼来捉，这人的魂魄就吵嚷着：我还有九年的寿数呢，阎罗王怎么又错拿我？阎罗王说：这次没有错拿你，是你自己把十年的阳寿折成一年过了。

黄牛的眼泪

埋头苦干了一辈子的黄牛老了，干不动农活了，经兽医鉴定，它被以"无工作能力"之由任人处置了。一庖人背手操着屠宰刀走近，老黄牛自知劫数难逃，流下了两行热泪，滴在面前的土地上。然而，它并不脱逃也没申辩，只是把两条前腿向着庖人跪下，哞哞哞地凄楚叫着，以期其看在自己劳苦的份上，求以逃脱。观者也为老黄牛求情。

庖人不为其情所动，手起刀落，皮、骨、肉、内脏各为类堆，解牛之熟练，令观者赞赏并报以热烈的掌声。人们已经完全忘记了黄牛的劳苦与功绩。只沉浸在对庖人解牛的欣悦和赞赏之中。

"重生"

一富人得了病，癌症。海外有一种药可治其病，一片相当于 600 元人民币，一天三次服用，一个月下来，仅此药就得花去几万元之多。为求保命，治病共花去了几百万元，与其亿万财富相比，这点儿药费不算什么。此药果然灵验，富人得以"重生"。一穷人也得了癌症，这可是个晴天霹雳。没有钱财治疗，只有以中草药为茶，聊以安慰。但是，穷人穷开心，了然无牵挂，竟也得到"重生"。几年后，富人终未能敌过癌症，撒手西去，几百万也未能让他度过古稀之年。而这穷人，成天草药汤儿端端，竟然活过了百年。

好与歹

一人生病，跑肚拉稀，腹痛不已，多日未能上班。同事来探病。一关心者说，没有大问题吧？很快就会好的，多多休息。也有一人关心地说，你怎么得这样严重的病，都拉血了，是真病，真病得不轻，真病无药医。这生病的人，听前者的话，心里很暖。后者的话，让他心情沉重：我什么时候拉血了，难道医生没有对我说实情？我的病真的那样严重？于是，忧从中来，心情也变得沮丧了，正忧思间，忽然灵光一闪：一个是朋友，是自然关切的问候，一个是素有口舌之争的人，话语当然犀利。他们都说出了自己的愿望：一个希望我好起来，一个希望我病下去，我不必为后者的愿望毁了自己，遂放下思想包袱，待病痛痊愈高高兴兴去上班。果然，什么事也没有发生。好话与恶语素有来由，别无端地让有企图的人害了自己。

眼前身后

城中有兄弟二人，老大干事决绝霸道，家财全攥在自己手里，从不给弟弟留下一丁点儿。弟弟却是个仁义之人，凡事都尽量顺着哥哥。两人皆已成家，都育有一子。这两个叔伯兄弟秉承了各自父亲的特点。后来，老大的儿子成了个败家子，把他父亲巧取豪夺得来的钱财全都败一干二净。大哥晚景凄凉。弟弟的仁爱和"我们靠自己"的思想深深地扎根在了他儿子的心里，儿子很有出息，自强能干，成为远近闻名的商人，且对父辈很孝敬。弟弟晚年生活得很幸福。

胡椒粉

有人讲了一则故事：有一商人出外经商，同行者多人。商人感冒了，喷嚏不断。有一同行者问："你怎么了？"商人戏谑回答："我的老婆可能是想我了，正在念叨我呢。"同行人很是眼红，抱怨说，自己老婆是个薄情之人，无论自己出外多久，从来不记挂，因此，他也从来没有打过喷嚏，甚觉遗憾。

商务结束，同行者回家，把温州商人的事向老婆说了又说："人家的老婆多知道疼人！"同时告诉老婆："下次我出门去办事，你一定要多多念我，让我也打几个漂亮的喷嚏，找找面子。"老婆答应了，她在老公所带服装的衣领上、口袋里都洒了点儿胡椒粉，拍进衣缝里，不露痕迹。不几日，温州商人又约同行搭档去做生意。一路上，由于胡椒粉的作用，这位同行者连日喷嚏不断，眼泪汪汪，两眼刺激得通红如桃，视力模糊。于是，惊呼，老婆，你人厉害，爱得也实在辣人，叫我怎么受得了哇！众人皆笑。

猫腻

现在的猫被当作了宠物，吃得好，穿得好，天天有人为它洗澡，为它修剪指甲，打扮得漂漂亮亮的。小猫从一生下来，就过着无忧无虑的日子，它们以为祖祖辈辈就是这样生活的，早就把"猫抓老鼠"的古训丢弃了。猫的利爪没了，已经丧失了抓老鼠的功能，于是专家惊呼，猫失去了生存的本能，终将灭绝。怎么办？猫是人类的朋友，总不能让朋友等死，于是大家行动起来，挽救猫们。

专家做实验，让猫咪们去抓老鼠，但是，不管是什么样的猫，它们看到老鼠都掉头就跑了。于是，专家又提出，让猫咪们饿上几天，看看是否还能抓到老鼠。猫的主人们觉得这样的实验会降低自己有贵族血统的猫的身价，而自己的身份也会随之降低。

"猫会抓老鼠"于富人贵族无利。为了自己的利益，富人们想尽办法维持"猫不会抓老鼠"的现状。经调查发现，实验之前，富人们都把自家高贵的猫喂得饱足，结果吃饱了的猫果然不抓老鼠。正当人们快要形成"现在的猫不抓老鼠"的共识之际，突然，一只被遗弃的高贵血统的宠物猫见了老鼠，飞扑而上，一口咬住，大快朵颐，表现出了"猫抓老鼠"的本能。这让人们看到了猫的看家本领并没有失传，只是被人为地阻隔了。专家们恍然大悟：猫饿了，还是会抓老鼠的！而且不分高低贵贱，也没有血统地位之分。

一个臭皮蛋

一老妇人去菜场买菜，正巧碰上特价皮蛋五元六只，大家都在抢购，很热闹。老妇人也挤了进去，趁人不注意，捡了七个到菜篮子里，付了五元钱，匆匆忙忙拿着走了。多得了一只皮蛋，让老妇人高兴了好几天，以为得了大便宜。一天，她的家里，弥散着一种腐臭气，很熏人，令家人掩鼻。一家人都在找这腐臭气的来源，不过谁也没有找到，一连好几天都生活在这腐臭气中，弄得人人心情不好，抱怨连连。

老妇人悄悄地翻找，原来是她买来的七只皮蛋中，有一只腐烂了，根本就不能食用。七只，复又回归到六只之数。老妇人便宜没有得到不说，反弄得奇臭无比。温州人常说：得便宜失便宜，是也，世事的确如此。

婆婆不是妈

小玉要出嫁了，母亲对女儿说："到了那边，要对自己好些，婆婆不是妈……"女儿记住了妈妈的嘱咐。到了夫家后，小玉见到婆婆没有热情，也没有礼貌，称婆婆为"别人"，说自己又不是婆婆亲生的，婆婆病了也不去问候一声。

婆婆觉得婚后的小玉没有温情又不懂得道理，对小玉也不像以前那样亲热了。婆媳之间，你看我不顺眼，我看你不顺心。小玉想，你生气就生气吧，妈妈说得不错，"婆婆不是妈"。最后婆媳大吵三六九，小吵天天有，小玉的日子很不好过，整天别别扭扭的，只有回娘家了。大姨过来劝，说："婆婆也是妈，你老公的妈也就是你的妈，婆婆把儿子养大了娶了你成了家。没有婆婆就没有你的老公，你嫁给谁去？"小玉一听，豁然开朗，重回夫家，和婆婆修好，一家人和谐相处。一字之差，谬以千里。千年难题难在怎么看待上。

如梦初醒

出国热的时候，小侯一定要出国，未婚妻拦不住他。他对未婚妻说："等我在外国立足之后就来接你。"小侯到了国外，一心想干一番事业出来，好衣锦还乡，好在未婚妻面前炫耀他的财富与能力。等目标基本实现后，他回国了。到了家乡就来找未婚妻。女人见他的时候，手里还拉着个七岁大的孩子。女人说："你走后，我发现自己已经怀孕了，久久等不来你的消息，我只好嫁给了一个暗恋我多年的人，孩子也姓了他的姓。我们虽然没有名车豪宅，可是他很爱我，也爱我的孩子，我们的日子过得很幸福。"女人说完就走了，她的儿子回过头来，很有礼貌地向他摇了摇小手："叔叔再见！"小侯痴痴地待了良久才抬起了手摇了摇说"再见！"这是自己的骨血啊。他心里打倒了五味瓶，悲从中来却难说出口，这才如梦初醒。他得到了财富，却永远失去了最该珍惜的爱。后来小侯终身未娶。

爱的猜想

那一年流行猜谜。一次公司的娱乐活动中有一项是猜谜，他和她碰到了一起，他递给她一张小纸条，她攥在手心里，猜测这纸条上是不是写着"我爱你"三个字。能感到自己心动过速，忘了这是在猜谜。她爱他已久，她感觉到他也很爱她，她希望他这次能借猜谜向她表白，因此紧张得全身冒汗。他被朋友叫走了，她趁机展开了那张小纸条，上面是："天鹅已飞鸟无归。"要求打一个字，下面是单单一个字："您"。她很失望，他没有向她表白，只是两个谜语而已。

多年后，他和她各自成家。一次，两人邂逅，说起以前猜谜的趣事来。她好奇地问他，那两个谜语的谜底是什么？他说："鹅，是我和鸟左右结构的字，鸟无归，是说鸟飞走了，只剩下了'我'了"；"'您'字是上下结构的，拆开来是'你'和'心'字，就是心上被你占满的意思。不知道你为什么后来总是躲避我，我以为是我的表白冒犯了你……"她听得目瞪口呆——原来是个天大的误会，后悔谜底揭开得太晚了。

张爱玲印象：
葱绿配桃红的苍凉

—— 张爱玲小说散文读后之思量

读过张爱玲的小说和散文，会有一种类似于晨雾的淡淡哀伤在心头弥散开来。不知道，这世上究竟还有多少颜色能叫人如此惆怅？作家中，尤其是女作家，善用颜色来表达自己情感的莫属张爱玲了。

20 世纪 80 年代，内地又兴起了一股"张爱玲热"。尤其在女人之中，张爱玲就是捧在手心里的宝贝，时不时地就会听到"张爱玲"的名字，或是她小说中主人公的名字或是其中的故事情节。说的人一往情深，滔滔不绝，感慨良多。听的人也是情意缠绵，津津有味，大有相见恨晚之感慨。报刊上，写她的文章也近乎狂热。人们对她的痴迷与崇拜，皆是因为她的言情小说里带给人以丰富的想象。我也是在这个时候，开始读她的小说和散文的。起初，是怀着几分好奇心，后来是她的"葱绿配桃红的苍凉"情结留住了我——张爱玲是一个善于用颜色说辞的女作家。

张爱玲应该是 20 世纪 40 年代上海滩最为红火高产的女作家。她 1942 年开始发表作品，因小说《沉香屑——第一炉香》而声名鹊起，叩响了中国文坛之门。一年后，她的小说集《传奇》又出版了，其中包括了十篇小说作品，她以小说在中国文学界立命，在中国文坛站稳了脚跟。后又几度沉浮，漂泊海外，客死他乡——她果然是个悲情的人物。她的小说也充满了悲情色彩，用她的话来说，恰恰是一种"葱绿配桃红的苍凉"。这是我对她的第一印象。

通过张爱玲的散文和小说，我似乎正在一步步走近张爱玲，走进她的精神世界，对她的印象越来越清晰起来：张爱玲，实际上是一个凄婉的歌者，是一个悲哀的歌者，是一个放声苍凉的歌者。在她的眼里，世间一切都有美好的开始，而一切美好的开始，终将以凄婉的悲哀的苍凉结束。这种情调，遍布她小说散文的字里行间，表现得很明确，因此很容易触动读者心中那一根命运的琴弦。

掩卷而思：她为什么会拥苍凉坐而论道呢？是张爱玲喜欢苍凉吗？又是什么原因造成她灵魂深处这种苍凉感呢？在张爱玲的散文里，应该看到，这是一种被迫无奈的苍凉——凄凉夹杂着冷落、悲哀和忧伤。除了张爱玲的个性原因，我想，她的倍感凄凉、被冷落的感触，是与她的生存环境分不开的。

中国传统文化中的五色，在张爱玲的眼里都是有生命的，任何一种情绪都是可以用色彩来表达的。张爱玲认为"苍凉之所以有更深长的回味，就因为它像葱绿配桃红"。这种配对，十分醒眼。葱绿是娇嫩的，桃红是鲜艳的，这在常人的眼里，葱绿配桃红，应该是十分鲜艳美丽的颜色搭配，如果不是张爱玲用它来形容"苍凉"的悲情意境，在大家的眼中这是两种美丽的颜色。那么,这样美丽的颜色,为什么偏偏在张爱玲的眼中变得十分"苍凉"了呢?为什么成了她文学作品中苍凉生活的底色?

"葱绿配桃红"有区别于"大红和大绿"——它没有大红和大绿的浓墨重彩。在张爱玲生活的那个半殖民地半封建的社会里,中国的封建礼教是真实地存在的。而颜色,在中国的传统文化中,也是有等级之分的。那时的人文思想中,"大红和大绿"是属于"正色"的,在封建大家庭的生活里,它是属于正房的服饰颜色的,是正房们社会地位和在家庭生活中的身份象征和体现。封建大家族的男人,多娶有正房和偏房。正房是妻,偏房就是妾。为了有所区别,妻妾的服饰颜色必须要有所不同。正房着正色,偏房只能着浅淡之色。妾,不能有正色。"葱绿配桃红"淡于正房的"大红和大绿",这似乎就是封建大家族的规矩,是谁也不能乱的规矩,也就是所谓的"礼"。尽管"葱绿配桃红"的颜色很美丽,但是它所象征的社会地位、家庭地位却是低下的——非正统的,让人一眼就能分辨出是妻还是妾。这无时无刻不在提醒着那些生活在大宅门里的妾们,她们是非正统的,是非主流的。又因为是非正统的,是非主流的,其底蕴是被大红大绿正色人等看不上眼的,或是不拿正眼相看的。其所生的子女中也是讲究"嫡亲"和"庶出"的。正房的是嫡子,而偏房的则是庶子。在同一个家族中,嫡子和庶子的家庭地位乃至社会地位大不相同。由此,遭受冷落是肯定的,精神上的压抑也是肯定的,倍感凄凉也是肯定的。

张爱玲用"葱绿配桃红"来说明"苍凉"，寓意明确，注定充满了非主流者的被冷落之苍凉情绪，它最终也逃不脱悲苦的命运结局。其实，任何一个时代，非主流的东西都有这种美丽的"苍凉"，这也正是"葱绿配桃红"被人们所乐道的意义所在。它在张爱玲的文学创作中，渲染失魂落魄者的苍凉，且又带有明丽的色彩，让人看了忘不了，心里唏嘘着，却又无处话凄凉。可以想象，这种苍凉对人的震撼是十分强烈的。

用颜色来形容一种情感意境充满了张爱玲的智慧。其实，张爱玲的人生也是充满了"葱绿配桃红"的苍凉。她是上海人，出生在门第显赫的人家。她自幼聪慧，三岁时，就能背诵唐诗，七岁时，便撰文成书，写成了她的第一篇小说——是一篇描写家庭悲剧的小说。后来，她又写了一篇少女为失恋而自杀的小说……我有些惶惶然，她这样小小的年纪，却写出了人间的苍凉。我不知道，一个天真烂漫的七龄童，怎么会写出那样的人间悲剧呢？而那一份家庭和个人命运的沉重担负，的确不是，也不应该是一个孩子所能承担起的啊！而张爱玲已经用她那稚嫩的心，开始了人世间艰难的情感探索。

她为什么喜欢"苍凉"而为之歌咏呢？

张爱玲的祖父张佩纶是李鸿章的女婿，其父亲是所谓的清代遗少。这样的家庭，使她从小就受到了中国传统文化的熏陶和封建思想的影响。在男尊女卑的封建半封建时代，大户人家遵循着"女子无才便是德"的伦理规范。张爱玲的母亲，则是一个崇尚西方文化的人，她不顾封建家庭的反对，多次赴法国学习和生活。她把西方的文化和思想带回了封建大家庭。她根本不喜欢这个封建大家庭，更不喜欢在这个家庭里生活。母亲的思想行为又直接影响到了小小的张爱玲。自然，受其母亲影响，张爱玲从小就对法国文学和绘画艺术产生了浓厚的兴趣，这使她对世事的审视和思维比一般中国姑娘多了一个角度和层面。封建思想的父亲和有西方文化思想的母亲，在家庭里产生冲突是可想而知的。张爱玲常常要面对父母亲的争吵。为张爱玲读不读书，父母亲又是针尖对麦芒。张爱玲后来在母亲的坚决支持下去读了书。

中西方文化和思想在一个门庭内产生激烈碰撞，使张家这个门第显赫的封建大家庭失去了往日的平衡与和谐。张爱玲的父母最终选择离婚，连维护、维持家族的表面风光都成了不可能。这件社会新闻，在民国时期震惊了上海乃至全国的主流社会。幼小的张爱玲目睹了父母失和，家庭破碎解体的人间悲剧，这些给她留下了心理的阴影，而这阴影是冷色调的。

年幼的张爱玲，被父母中西方文化、思想的冲撞，夹在了中间，左右皆为难。可以想象，这对她的心灵撞击是沉重而又残酷的，感受不到家的温馨。她在散文中记道："心里自然也惆怅，因为那红的蓝的家无法维持下了。"这里，她又用了"红的蓝的"冷暖之色彩，来比拟父母离异和家庭的解体给她带来的痛苦。一冷一暖的色调大反差，衬托其家庭破碎的悲哀。家庭的破裂，对孩童的打击太大了！从此在张爱玲的心里打上了悲观的底色。她父亲后来又结婚，后母很强势。此后，她和弟弟生活在父亲与后母的重重压力下。在这个显赫的家族里，张爱玲和弟弟饱受后母等人的摧残。她遭到了父亲的致命毒打，听到了父亲"打死她"的恨恨叫声。她的父亲把对她母亲的一切怨恨一起发泄在她和弟弟身上。后母对她的存在不冷不热，似有非有。她从贵为千金小姐的地位，猛地降到了近乎佣人的地位。遭受欺凌，看尽白眼，被人冷落。这种大落差，让她感到世态炎凉和无尽的悲伤。在她的眼里，家乱了，实属乱世。张爱玲这个"乱世的人，得过且过，没有真的家"。这是张爱玲对家发出的悲鸣，言语里充满了不可言说的苍凉。这种没有家庭温暖的悲观情绪，从此在她的心里扎下了根。她从大红大绿的正色，流落到那种非主流的"葱绿配桃红"，家庭地位的落差、精神上的压抑，使"苍凉"成了张爱玲人生中抹不掉的生活底色，也从此成了她作品中的文学元素。

在"葱绿配桃红的苍凉"生活底色中，张爱玲的情感世界也充满了"苍凉"。出于对文学的执着与追求及对胡兰成文采的敬慕，1944 年，张爱玲与时任汪伪政府宣传部政务次长的胡兰成结婚了。纯文学的追求者张爱玲和被时人称为文化汉奸的胡兰成的婚姻，似乎并不被人看好。这个选择，为她的不幸婚姻埋下了痛苦的伏笔。胡兰成是个多情种，生活中前后有八女之爱，这是胡兰成的自述。实际上，不止这些个。如此滥情，让纯情高傲的张爱玲难以接受。

有史料记述，胡兰成跟他的情人曾二度来过温州。

1945 年 8 月，日本投降，作为汉奸文人的胡兰成，自然成为众矢之的。为远避动荡的政治时局，婚后一年多的胡兰成，在朋友之妾范秀美的引导下，到温州避风头。遂与范秀美结为情人，住在温州九山湖窦妇桥一带。胡、范在温州出双入对，形影相随。信河街一带的松台山、九山湖、望江路上的海坛山，都有他和她的足迹。搂着朋友的妾在温州游山玩水，竟然如此招摇，先不说夺朋友妾是否道德，要说的是，难道他真的这么快就忘了张爱玲了？张爱玲这个受过家乱之劫的女子，她还能面对胡兰成的移情别恋吗？可怜的张爱玲，为了寻找胡兰成也曾二次下温州，只有无奈面对范秀美的夺其夫之痛。实际上，范秀美算不上夺人夫者。按照胡兰成的八女排序，张爱玲居"小四"，而范秀美是"小六"，她们俩在胡兰成的册页上，都不是胡的正统，是非主流的。小四和小六，不过是五十步与百步，本质上是没有差别的。这种非主流的情感生活，又叫张爱玲如何能接受？隐逸在温州的胡兰成，十分享受"小六"带给他的闲散生活。在温州的这一时期，胡兰成的心里只有范秀美。张爱玲忧郁地写信向胡兰成说：我知道你已经不爱我了，我也不再爱你了。经过一年多长时间思考，1946 年，她和胡兰成终于离异。短短的三年婚姻，却让张爱玲的感情遍体鳞伤，不堪回首。的确，胡兰成带给张爱玲的感情生活只有伤痛，被冷落，被抛弃，如此怎不让她倍感"葱绿配桃红"那种美丽的"苍凉"！

　　20 世纪 50 年代初，张爱玲的小说《十八春》发表了。小说以民国时期城市中上层的旧式家庭生活为背景。不言自明，小说与当时热火朝天的新生活有些"裂隙"——张爱玲依然生活在自己的精神世界里，根本反映不出新社会、新生活的风采与精神面貌，因为她不熟悉。1952 年 7 月，张爱玲在批评声中，只身离开上海去了香港，后辗转到了美国。独在他乡为异客，心感苍凉。曾在中国文坛上享有盛名的张爱玲，在美国的创作也遇到了低温寒流，她的小说稿遇到了大批退稿。这种大落差实在让她难以忍受。中西文化的差异，使她连生存都难保障。1995 年 9 月 8 日，是中国传统的中秋节前一天，张爱玲悄然长辞于洛杉矶的公寓里，享年 75 岁。可悲的是，在她弥留之际，身边没有一个人陪伴，没有人送她走完这人生的最后的一程。

应该说，张爱玲是中国近现代女作家中的佼佼者。印象中，文字在她的手里是富有色彩的，她把颜色赋予了感情，而从另一个角度上，她看到了人间是美丽的也是苍凉的。她的文字生命是跳跃的，文学色彩是艳丽的，生活基调是苍凉的。张爱玲的一生，本身就是"葱绿配桃红"的苍凉最为深刻的诠释。

种瓜得瓜，种豆得豆

"二月里来好春光，家家户户种田忙，种瓜的得瓜呀，种豆的得豆，谁种下的仇恨他自己遭殃——"这首曾在抗日战争时期广为传唱的歌曲，今日又被歌手渲染得更富有生活气息。各种翻版的传唱，万变不离其宗，它的主题思想从来没有改变。一首简洁如白话、朴素无修饰的民歌，何以有如此顽强的艺术生命力？究其原因，是这首歌蕴藏着最简单而又意味深长的哲理——你收获什么，取决于你的播种，而你的播种又基于你的选择，无论是情感世界还是社会生活……

我家住在七楼，是顶层。选择七楼是为了拥有一片绿色。因此我在屋顶砌起了个大花坛，原本打算种些四季花草什么的，以使空荡荡的屋顶变得更加充实与丰富，春天万紫千红可养眼，夏天绿色可以挡住酷暑。许是与黑土地结下的情结还未了吧，也许还有点儿害怕"华而不实"的后果，甚至觉得付出如此大的人力、财力、物力，到时候只能一饱眼福，有点儿太过单调了，总觉得欠缺点什么。

思忖再三，我和夫君决定，还是种些时令的瓜果蔬菜为上策：其花可欣赏，其实可果腹，绿色环保，眼福口福双至，岂不乐哉！祖辈们讲，"土地是个宝，春种一粒籽，秋打一斗粮"，想来此话是不假的。

屋顶菜园在我们的努力之下，终于有了勃勃生机：扁豆花开如兰，串串悬挂在心形的绿叶旁；空心菜的老秆上向蓝天吹着圣洁的银喇叭花；丝瓜花儿娇黄且艳，一朵一朵地重叠着，踏着绿叶，叠着罗汉；西红柿、辣椒红艳艳，苦瓜金灿灿，香菜小葱绿油油；冬天的大白菜棵棵嫩生生的……每一个季节都有精彩表现。收获着瓜菜，收获着快乐心情。每当菜花儿怒放时，天外来客小蜜蜂儿唱着歌儿钻着花蕊，小粉蝶儿来回翻飞，小蚱蜢在草棵子里上蹿下跳——多美的一幅农家乐的图画，我们把它复制到了城市屋顶。朋友来了，在此品茗叙谈，歌吟，自然离不开这里的花果菜蔬。邻家有客至，便上我家屋顶菜园拔棵葱，揪几根香菜作调料，吃在嘴里香在心头，它们又成了睦邻的友好使者。我们在这里种下了一颗种子，它就无私地奉献出果实来。

春华秋实，往往让我浮想联翩。童年时，一本彩色小人书讲述的童话故事给我留下了不灭的印记：一只聪明的小花猫看到农夫年年从土地上获得丰收，这只小猫也学着农夫的样子，在土地上挖了一个坑，把它喜欢吃的鱼"种"了下去，天天浇水施肥，憧憬着大树上长满了它最爱吃的鱼。可惜，当它看到农夫的庄稼长成绿油油的一片，而它的鱼总不见发芽时，便急不可待，气急败坏地挖出来一看，它种下的小鱼只剩下鱼骨刺了。是土地欺骗了它吗？农夫指点它说，那鱼，本该是养在水里的呀。

万物都在自然界寻找定位，天上飞的、水中游的、陆上爬的，地上长的都在寻找各自生存的坐标，人也不例外呀。几天前，因事去找一位熟人，她却不在。与她同一办公室的人却冷冰冰摔过一句："飞走了。"据一位朋友说，那人因"口碑"不好，为了揽权，争宠邀功，为蝇头小利耍尽了把戏。自以为做得很聪明，天不知鬼不觉的。可要知道，人心是明镜。她如此的手腕，挨骂挨怨自不待说。"谁种下仇恨他自己遭殃。"其实，积极向上，并没有错，而是要脚踏实地，扎扎实实。想当领导也没有错，不是有一句"不想当将军的士兵不是好士兵"的至理名言吗？但是，那种只要领导，不要群众的人，能力再强于人民何益？于民生何益？被人们怨愤是情理之中的事。

播种基于选择，选择基于认识。

那个朋友犯了和那只小猫同样的错误。

"二月里来好春光，家家户户种田忙，种瓜的得瓜呀，种豆的得豆，谁种下的仇恨他自己遭殃……"恍然大悟，这简洁如白话的民歌，多少年来在向人们重复着一个最浅显、最深远的做人处世之道。智者能悟，仁者能意，就是这首歌直到今日还被人们不断吟唱的原因吧。

—— 青海长云 ——

少小离家

那一天傍晚，我正往家走，路边的高音喇叭传来了"知识青年到农村去，接受贫下中农的再教育，很有必要——"的宣传，大街上锣鼓喧天。第二天，进驻学校的工宣队在积极动员学生，去农村接受贫下中农的再教育。在他们看来，这也是复课的主要内容，也是工宣队的任务。当年，最流行的一句话是："我们也有一双手，不在城市里吃闲饭！"青年人总是激情昂扬的，热情奔放的。正当年少的我们，响应号召：到农村去！到边疆去！到祖国最需要的地方去！

告别家乡，离开父母，独去异乡为异客——我想去北大荒。

六六、六七、六八届的学生，当时合称为"老三届"，是上山下乡的主角。我属于六七届的中学生，正好镶嵌其间，是上山下乡的主力。我没有和父母亲商量，决心铁定：自愿报名。不必让居委会大妈们敲锣打鼓地来动员。

轰轰烈烈的支边下乡运动席卷了温州——连着几年，大学没有招生，工厂没有招工，我们这些说大不大说小不小的中学生总不能待在家里，荡进荡出的无所事事吧。我父母是明白人，他们没有阻拦我。

我们社区那一个高瘦，一个矮胖的两个居委会阿姨，早早就盯上了我。她们怕我赖在温州不走，双双跑来我家来做下乡的动员工作。没等她们开口，我就告诉她们，我早已经在学校报名去黑龙江了，让她们不必再费心。她们见我如是说，果然没有再来动员。

初始，我就想报名去黑龙江建设兵团的，当一个兵团战士。少年的心，真的很想飞啊，飞得越远越好，飞到我想要去的地方！我怀抱着少年的梦想，把表填了，兴奋地在家里等候。发榜了，去兵团的一大串名单里没有我。一问，工宣队的人告诉说，是我的政审没有通过。我耳朵"嗡"地叫了起来。我怏怏不乐地回到了家，一语不发。母亲见状，紧着过来问什么事？我心神不定地把学校张榜的事说了。

父亲赶到学校来，向工宣队说明他的问题是早已有"组织结论"的，历史很清楚。我也强烈要求去兵团，表示了我的决心。令人失望的是，来温州带兵的人可能见我瘦弱，又是一个女孩，便说：因为那里是边疆，条件艰苦，需要代代红的子女。我沉默了，知道自己当兵团战士的愿望只能是愿望而已。我看见父亲不安的眼神，再也没有说话。父女两个人默默地走回家。我也不再抱怨父亲了。

飞翔的羽翼受了伤，让我多少有点儿忧伤。

那个时候的我，感到能被祖国信任，真的就是一种幸福。理所当然，就要担负起保家卫国的重大责任。我很渴望得到祖国的信任。其实，我家的成分并不高，父亲成分是下中农，参加过抗日战争、渡江战役。母亲成分是雇农。毛病出在父亲在工作中的"失误"，尽管有了组织结论，结论清楚，但不代表历史清白。

怅然若失。

学校工宣队的队长，认为我能主动报名去边疆，积极响应号召，把我优先安排到一家由劳改农场改建成的黑龙江知青农场。我们学校的学生，当时能进这个农场的大多是靠边站的当权派、走资派、资本家、小业主、地富坏分子、右派、特嫌的子女以及有海外关系、家庭关系复杂的学生，是属于"可以再教育好的子女"这一行列的，作为党的"不唯成分论，重在个人表现"政策体现。

动身之前，我与母亲说好，我到了黑龙江后往家里寄的信由母亲来收。信封上只写母亲的名字。母亲轻轻地点点头，表示理解。父亲在旁边一直沉默着，听着我这样说，欲言又止。我走的那天，父亲没来送我，从他那张脸上，我读到了作为父亲的失落。当时年少不更事，并不觉得那是我对父亲的伤害，而我，的确伤害了我的父亲，伤害得又是那样的深。

就要离开这个家了，就要离开温州了，要重新去远方了。我只把自己当成一粒蒲公英的种子，随风飘飘荡荡，飘到哪里，哪里就是我的家，就是我把根留住的地方。

1969 年的 5 月 16 日，温州市知青办选择了这个富有纪念性的日子，作为欢送我们这一批温州知青出行的吉日。我在人民广场和众多的温州知青一起，就要登上北去的大客车。人民广场上，到处挤满了送别的家人、朋友，他们嘱咐了又嘱咐，执手相看泪眼。我早早地上了车。车上只坐了几个知青，互不认识。那几个都在哭，泪落连珠子。只有我没有哭，我的泪点越来越高，甚至连眼睛也没有湿润一下，说不清，那种淡淡的忧伤是离愁别绪还是什么。也是从这一天起，我收起了眼泪。

千里送行终有一别。上车的时间到了，高音喇叭开始声声催促了，亲人将离别。大客车开动了，将别离的哭泣声突然扩大得如雷贯耳，车上车下的哭声已经连成一片带雨的云，那是背井离乡的挥洒。这一次的离别于我竟然是平淡的，我仿佛并没有多少离愁。人民广场大门缓缓地打开了，送行的人群争先恐后跟着开动的客车，向大门外蜂拥而去……满载知青的每一辆客车的两边，都有多个解放军扶持着，他们一言不发，不知道他们是否想起自己离开家乡的情景。家长们流着眼泪跟着车，一次又一次地嘱咐着车上的孩子，不停地挥舞着手；记不得有多少辆车了，一辆接一辆地开出了人民广场。欢送的锣鼓声、喊声中，夹着哭声、高音喇叭声、汽车的引擎声，声声震人心。

母亲和阿姨没有去人民广场送我。幸好！她们等在梅吞渡口和我匆匆告别。我看见母亲的眼眶湿润了，向我挥着手。我挥手说再见了，只叫母亲快快回家，叫她放心，却没有流下一滴眼泪——母亲说我的心真硬。我的心，那天被莫名的冷静包裹了起来。我走南闯北的，与父母离开过多次，不再有哭泣的冲动了，只把这一次当作一次远游。知青乘坐的大客车的车门是锁好的，打不开，只能摇下车窗，几个头同时探出来，流着泪带着哭腔，向远来送行的亲人道别。有的知青，长这么大是第一次远离亲人，远离温州，悲戚得泪流满面，号啕大哭，不能自已。我夹在这么多的泪人儿中，没有眼泪，显得很个别。

一辆辆车子，满载着我们这些半大的孩子，就要渡过瓯江的梅岙渡口去远方了。再看一眼吧，那缓缓流淌的瓯江水，那堪比黄河的瓯江水，那个被喻为温州人母亲河的瓯江。温州年少的儿女，就要离开你到北大荒去……向北，向北，一直向北。

大客车把我们送到金华火车站。高音喇叭里播放着离别曲，在舒缓的音乐声中，传来了温州电台女播音员柔和的声音："孩子，你们离开家乡，就要去远方。在那五个纽扣的后面，跳动着一颗火热的心……"这样的声音和话语，在我的心弦上轻轻地弹拨了一下，复又沉静了下来。我们在女播音员柔声的道别声中，拿着自己的行囊，走上了去北大荒的浙江知青专列，那一列似长龙的绿皮火车，开始了近4000公里的远涉。

浙江知青专列在铁路上驰骋几个日夜，车窗外的田野飞驰而过，我们离着故乡越来越远了。专列跨长江过黄河，轰轰烈烈地进入了东北大地。

浙江知青列车经过的东北三省，火车站上锣鼓喧天，红旗漫卷。人们打着鼓敲着锣，载歌载舞，在车站上欢迎欢送浙江知青的列车，喊着"向知青学习，向知青致敬"的口号，很热闹，也很鼓舞人心。我们争相把脸贴在车窗上，看着那种热烈的场面。那一刻，知青们真的热血沸腾了。

年轻的心中，保卫边疆、建设边疆的责任感油然而生。

天已经开始蒙蒙亮了，太阳还没有升起。满天玫瑰红般的晨曦，一片连着一片，或浓或淡，特别美丽。凌晨三时左右，坐着睡了一觉的知青大多醒来，被天空中玫瑰红的晨曦惊艳了，睡意全消。车窗外，就是广阔的黑土地。哈尔滨火车站到了，车厢里一阵躁动，听说知青农场的人来接站了。他们上车了，对知青问长问短，给予关怀。温州知青又一次感到了兴奋、感动。远离家乡千万里，一路有人关怀，也就忘记了奔波的劳累，叽叽喳喳地说个不停，暂时忘记了离乡的愁绪。

5 月 20 日清晨五六点钟的光景，浙江知青列车终于在一座小火车站停下了。有说汤园站的，有说兴莲站的，这个时候，谁也顾不上什么火车站了。有人喊：到莲江口的知青下车了，下车了，莲江口农场的温州知青在这里下车了。我随着大家的脚步，跟着下了车，眼睛一直向车外打量。这个火车站的确不大，十几节的绿皮火车，靠近月台，出头露尾。我提着行李，迈过铁轨，顺着铁路基石下来，站在那里难免有点儿茫然不知所措。到莲江口农场的知青，在接站的领队带领下，全部下车。浙江知青列车再度启程，向兵团方向驰去。我看了一眼北去的浙江知青列车，随着大家的脚步，鱼贯而下。

温州知青们被带到了一个宽阔的地方。一眼望去，大卡车、拖车等早早就停在了那里了。穿着蓝色工作服的人们列队欢迎浙江知青的到来。领队人介绍说，这里就是莲江口农场总场。总场给人的第一印象似一乡镇，似乎并没有我们想象的那样荒凉。简短的欢迎仪式后，开始分配到各个分场的知青。报到名字的就上一辆车。一辆辆大卡车满载着这些的南方知识青年扬长而去。我们这一批是按学校编制分配到各分场单位的。温州市第三中学 32 位学生和其他温州中学生一起，被分配到八分场。三中的分配到一连的居多，其他中学的被分别分配到二连、三连、四连。本来在学校里，大家都有些相识，一起被分配到同一个分场同一个连队，大家自然是一阵高兴：地不熟，人却不生啊。

八分场是个新建的分场，条件相较老分场要差一些。大卡车在路上飞驰，拐了几道弯后，大地景象趋向荒凉。我们迎风站在车上，远远看到几座低矮的房屋、高高的烟囱，周边是一望无际的大草甸子。分场来接我们的领队说，这就是八分场了。分场给人的感觉是有些名副其实的"荒"。见此情景。我们谁都没有说话，一致沉默。到了，我们受到了佳木斯市知青的热情欢迎。他们是 1968 年下乡的，比我们早一年。我们默默地从车上搬下自己的行李，找到自己的房间,把行李放下，放在用芦苇编的那种粗糙的炕席上，靠着休息，人，似乎还在火车上摇晃，魂魄飞在天涯海角。

这里是我们落脚的地方，也是新的人生开始的地方。

生死柳条岛

一、春耕备耕

1970 年春节，是温州知青在东北过的第一个春节。因为是支边的头一年，温州知青还没有探亲假。这里离家乡几千里地，从莲江口农场到温州需要坐四天四夜的火车。春节放假才七天，还不够路上打来回的。尽管大家很想家，但大部分的温州知青都选择留在农场过年。

正月里的东北，大地披着厚厚的积雪，极目远眺，一片银装素裹，一如毛主席诗词《沁园春》中所描写的那样，"北国风光，千里冰封，万里雪飘"。乾坤朗朗，白茫万里，一切都被雪覆盖着。就连落了叶的大树，也被雾凇装扮得婀娜生姿，十分纯净。白茫茫的北大荒，使我们的心胸顿感开阔起来，充满了大雪飞扬的浪漫与豪情。

东北当地屯子里的人都有"猫冬"的习惯。正月里来是新年，在家热炕头，听听二人转，串门访友走亲戚，一年到头的快乐时光。知青农场却打破了当地"猫冬"的传统。几天的春节假期很快就过去了。佳木斯的知青们也都按时返回农场。虽然知青们还沉浸在过年的欢乐中尚未完全缓过神来，但连队早已开始生产调整部署了。连队积极组织投入"抓革命，促生产"中去了，为春耕生产做好各项准备工作，并且召开了备战备耕誓师大会。提出的口号是："备战备荒为人民！"知青们每一个人都要求在誓师大会上表决心。有一知青表的决心是：我是革命的一块砖，哪里需要哪里搬！因为朗朗上口，竟然成了知青连队的流行语。"发扬与天斗与人斗与地斗其乐无穷的革命精神！""鼓足干劲，大干快上，为革命再立新功！""鼓足干劲，大干社会主义，誓夺春耕生产的伟大胜利！"红红绿绿的标语贴满了泥墙，备耕气氛十分热烈。初出茅庐的小青年，热情一下子被激活了。头一年春耕备耕，就在这惴惴不安夹杂着好奇中来到了。

莲江口农场以种植水稻为主。那时，水田机械化生产水平很低，大部分生产要靠人力来完成。水田连队修水利、旱整地、抬冻土等多项农田活计，都需要大量的柳条筐。这在连队是一笔不小的开支。

春耕前的旱整地，就是把田里高处地段的冻土块用镐刨开，放到筐里，两人抬着填充到低洼的地面，使大田变得平展展的。到了布谷鸟儿叫的时节好放水整地，叫"水整地"。然后播稻种育苗再插秧。修水利，旱整地时间大多在 2 月底和 3 月份，而那时节的冻土块正是"冻得杠杠的"，坚硬如岩石。一镐下去，当当响，只能刨出个白点来，虎口却震得生疼。有的冻土块很大，很重，放进筐里，筐就被压走了形。一个生产日下来，连队的柳条筐就被磨损了不少，柳条筐的消耗特别大。

二、马跑惊梦

浩渺的松花江中有许多冲积而成的荒岛、荒滩，这些荒岛荒滩，年年都有野生野长的柳条丛，一蓬一蓬的相连成片，十分茂盛。野生的柳条韧性很强，又耐磨，本地人说它"经得造"，正是修编柳条筐最好的原材料。附近的农民赶在开江前都去那里割柳条，以备农用。连队为节约生产开支，决定派知青到松花江流域的三江口一带的荒岛上去割柳条，用来编柳条筐以备春耕之需。经过连队领导研究、筛选，从各个班挑选了几名身强力壮的男知青，成立了一支"备战春耕生产小分队"。小分队的主要生产任务就是割柳条，简称"割柳条小组"。小组成员有温州知青、佳木斯知青、鹤岗知青和回乡知青四人组成。由回乡知青小付担任班长，负责生产生活的指挥工作。小付是一位富有野外作业经验的本地青年。

割柳条生产任务紧，规定一周内完成，赶回连队正好过正月十五元宵节。

割柳条小组按要求到连队食堂领取了能维持一周的战备食粮，由班长小付统一保管、分配。主食规定每人每天三个白面大饼，都是二两一个的，外加四两大米的定量；副食是一些咸菜疙瘩。东北的二月天，天寒地冻，除了大葱、酸菜，没有什么新鲜蔬菜。这样的伙食跟当时连队每人每月 27 斤的定量相比只多不少，是连队对割柳条小组的特殊照顾和重视，这让小组的人感到很温暖。

经过一天的准备，割柳条小组的四名成员带上各种生产生活工具、炊具、被褥、洗漱用具和其他生活必需品，第二天一大早，天还没大亮，在曚昽的晨光中集合，他们悄悄地告别了连队，带着连队战友的期望，乘坐一辆马拉爬犁向着松花江进发了。爬犁，在冰冻的半截河上跑得飞快，飞溅起白雪片片。冰天雪地，对于南方知青来说，仿佛进入了一个童话世界。

很快，冰天雪地的严酷就赶来了。人几乎要冻僵了，四个人便跟着爬犁跑，跑热了，再上去坐一会儿。之后，四个人轮流驾辕赶爬犁。谁要是感到冷了，就赶着爬犁跑步前进。

四个人正值青春年少，意气风发，一个个满怀建设边疆的激情，有一种"自古英雄多壮志"的豪迈气概；有一种"革命知识青年热血胸中沸腾"的激昂；有一种"屯垦戍边，保卫祖国！"的责任感。一路高歌狂飙，谈笑风生，哪知前面会有畏途。

为了赶在天黑前到达目的地，到了中午，每个人只在飞驰的爬犁上简单地啃着冻得硬邦邦的大面饼。又冷又硬的面饼太干了，难以下咽，他们就在河上掘几块冰，来解渴，一口冻饼，一块冰块，嘎吱嘎吱地嚼碎了咽下，一个个吃得肚子里冷冰冰。但是，知青们并没有觉得很艰苦，一个个都仿佛成了战斗的英雄，一股建设祖国边疆的豪情和一种对东北大地的好奇在胸中激荡。天，真是嘎巴冷，北风呼呼地吹着，又吃了一肚子的冷餐，浑身冷透了。班长小付怕城里来的知青不习惯，经不起这样的折腾，对大家一路关照。虽然一路颠簸和餐风食冰，四个人中竟然没有一个闹肚子的！东北人有一句俗语，"傻小子，睡凉炕，全凭火力壮"，在这里好像也是很适用。大家说说笑笑，中间稍事休息，给马喂饱了料，又马不停蹄地赶路。一直到天擦黑了，才跑到了割柳条的目的地。整整走了一天的路程，行程大概有 100 多公里。

班长好像对这里比较熟悉。知青们跟着他拐进松花江的一条小岔河道里。他说，在河道旁的一个小高坡上，有一座"地窖子"——就是在地下挖的一米多深的四四方方的大土坑，上面再用木棍搭上个马架子，苫些茅草当屋顶，半截在地面上，半截在地下的那种容身之处。远看，大雪连绵，几乎看不出有可以住人的地窖子，走近了一看，眼前的这个地窖子已经破破烂烂的了，上半截已经塌陷，四面透风。就是一个大土坑上盖着一堆荒草，看样子是被弃已久了的。这根本就没有办法住人啊。可是，付班长就指着它说："这就是割柳条小组的临时宿营地了，几个人要在这里度过一周的时间。"几个人面面相觑，带着一肚子的疑惑，大眼瞪小眼地你看看我，我看看你，心里不免犯了嘀咕：这怎么能住人？怎么住？好在，出发前，已经做好了吃大苦耐大劳的思想准备，几个人的嘀咕也就一闪而过。小地窖子里黑咕隆咚的，顶上四处漏风，只有一扇用好几层尼龙布钉在木头窗框上的所谓小窗户，能透进一缕弱弱的光来。打开门，有一股说不出的霉烂气味冲了出来，令人不禁掩鼻。里面更是破烂不堪。门很破，一进门，里面就是一铺能睡几个人的大火炕，炕上铺有一领高粱秸炕席，都烂得快零碎了，腐烂得一捏就掉渣子。木头炕沿一头耷拉到地，斜斜地靠着——好荒凉的景象啊！知青们真的没有想到，还有如此荒僻的地方。

几个城市来的知青一时竟然都没有了主意，手足无措，不知该怎样来收拾这所谓的屋子。其时，大家也明白，别无他选！不住在这地窖子里，就得睡在冰天雪地里。在付班长的指导下，大家七手八脚先把火炕收拾了出来，把行装搬进了地窖子里。经过简单收拾和打扫，刚才还无比荒凉的小地窖子，竟能将就着住人了。毕竟，几个人正年轻，充满了青春活力，此时都忘记了恶劣艰苦的环境，又开始说说笑笑了。真是少年不知愁滋味！

班长拴好了马，搬下马槽拌好草料喂完马，这才带领大家，借着雪光，到营地附近的河道旁，去割取暖用的柴草。每个人从厚厚积雪下的大草甸子里，扒开积雪，搂割了两大捆柴草。东北的雪，很干燥，只要拍打掉草上的雪沫，就能烧火。大家一起把柴草连夹带拖，拽回地窖子里。这些柴草，足够当晚烧炕取暖和第二天做早饭、取暖用的了。

晚上，地窖子里点起小小的蜡烛，弱弱的烛火被门缝里漏进来的寒风吹得东摇西晃，使整间地窖子也变得摇摇晃晃的，就像茫茫雪海中的一叶小舟。夜里，外面冰天雪地，气温骤降到零下30多摄氏度。北风吹过旷野的声音，像极了鬼叫魍魉喊，又夹杂着狼嚎声声，如孩童般恸哭，令人毛骨悚然。黑夜里的东北大地，全然没有了白天的苍茫气象和北国风光的浪漫，尽显北国严冬的冷酷与严苛。这方圆上百里地可能也就是割柳条小组的几个人了。最可怕的就是遭遇上狼群。冬天里的狼群简直就是魔鬼。指导员家的大肥猪，就是在这个冬天里被狼群叼走了，令人胆战。

几人患难与共的情感油然而生，互相依靠关照。大家很自然地分了工，有用割来的柴草把门缝给堵严实的，防止漏进风来冻人；也有烧火取暖的。炕头旁有一个灶台，可以安锅烧饭连带烧炕。炕前有一口斜着倒扣着的大铁锅，下面用砖砌了一个圆圈，留有烧火口，这铁锅就是地窨子里烧柴取暖用的专门设备，烟也是顺着火炕的盘道走出烟囱的。设计得既省柴又省时，取暖也快。虽然简陋，但取暖烧炕两相宜，也充满了人类适应生存的民间智慧。

不长时间，大锅被烧得很烫了，散发着热量，地窨子里顿时变得暖和了起来。晚饭也烧好了，白面饼和大米稀饭的香甜滋味，热气腾腾的，飘满了整个地窨子，十分诱人。劳累了一天，大家早就饥肠辘辘了。没有凳子，每个人就在屁股下垫捆草，席地而坐，没有桌子，围灶而餐，吃得很带劲。当天的晚饭，按定量是每人一个白面大饼和一碗热腾腾的稀粥，就着咸菜疙瘩，一个个也是吃得肚饱溜圆。生活确实很艰苦，南北知青都是平生第一次经历。毕竟是饿了，累了，大家一阵狼吞虎咽。饭后，喝着平生第一次用冰烧的开水，暖和着，挤在火炕上开了第一次班务会。小付班长布置完第二天的生产任务，对这一周的生活又作了具体规定：一是每天轮流值班。值班的人要提前起床，负责把大铁锅烧暖，准备好每个人的漱洗热水。二是准备早饭，烧稀饭。准备中午在野外的就餐食物，每个人只能带上两个大饼和一块咸菜疙瘩。三是晚上收工时，每个人要顺带割两捆柴草回来。值班人要负责当天的晚饭，其他人要到河床上刨冰，以备化水之用。任务明确后，第一天由班长自己担任值日生工作，第二天是佳木斯知青，温州知青被安排在第三天，鹤岗知青排在第四天。四天一循环，以此类推。当天，大家一路奔波100多里地，又忙着抢修地窖子，确实都累坏了。班会散了，几个人着急地铺好被褥，躺下，热乎乎的火炕让人全身放松，大家不一会儿就进入了梦乡，沉睡。

半夜时分，地窖子外面传来班长一声声急促的喊声，几人被惊醒了，心怦怦跳，不知道发生了什么事情，一个个睡意蒙眬地你看看我，我看看你。只听班长着急地说，小组赖以负重驾车的大马不知几时跑了。原来，班长半夜出去喂马，发现马儿早跑没了影，即便老成持重的他也慌了神。这一下，把大家都吓得不轻，睡梦全惊醒了，都爬了起来。因为大家明白，在这冰天雪地里，马，是割柳条小组唯一的运输和交通工具啊。这里根本就没有路，更是渺无人烟，荒林野外，方圆百里都没有一个村庄。没有了马，人在厚厚的雪地里真是寸步难行，不仅完不成连队交给的割柳条生产任务，连返回连队都困难，没吃没喝，天寒地冻，大家的命都悬于一线。

那可是小组的宝马呀！

三、踏雪寻马

这突如其来"跑马"事件，弄得大家心里十分紧张。慌乱中，大家都匆匆忙忙穿好了衣服，跟着班长去找马。

班长说，外面漆黑，伸手不见五指，大家出去找马时千万要互相照应着，千万不能掉队，这个地方可是经常有狼群出没的。几个小青年一听，紧张得心怦怦直跳，像打鼓，都能听到自己心跳的声音，早就没了主张。亏了班长处事有经验，他叫大家先别慌张，手拉手地出门，算是稳住了大家的情绪。班长打着手电筒前后照应着，几个人紧跟着班长，顺着过来的路往回找。

漆黑的夜，大雪茫茫，根本没有路，路上的坑坑洼洼都被大雪给抹平了，不知深浅，有时一脚踩踏上去，人就陷进深深的雪坑里，爬上来又掉下去，根本就迈不开步子。几个人连拉带拽，连滚带爬，只能深一脚浅一脚、东倒西歪地摸索着走去。开始时，大家前后手牵着手，相互搀扶着，照应着。也不知走了多少路，在雪地里摔了多少跤，人都滚成了个大雪球，还是不见马儿的半点儿踪影，难免有点儿失望和忧虑。就这样一直找到后半夜，这时的气温又骤降了，少说也有零下 40 来摄氏度。在这冷酷的深夜，个个都累坏了，也冻坏了，根本没有劲了，没有办法走路了。一个个像雪人一样地立在那里，喘息未定。班长见状，生怕把大家冻出、累出个好歹来，责任太重大了。为了安全起见，班长决定停止寻找，按原路返回住处，等天亮了再想办法。

那马呢？马怎么办？据班长的估计，这黑灯瞎火的大半夜，马儿应该是跑不远的。

回到地窨子后，大家的棉鞋都湿透了，脚和袜子、鞋和鞋垫都冻在了一起，邦邦硬，脱都脱不下来。这种情形，以前是在小说和电影里看到过，以为那只是艺术上的夸张与渲染，没料想，现实生活是如此的真实，没有一点儿的虚假。好不容易，大家互相帮助，你脱我的，我脱你的，总算把棉鞋脱了下来。班长重新烧开大铁锅取暖，一边为大家烤着湿透了的棉鞋，一边想着办法。几个人都心神不定，惦记着马儿失踪的事，躺在热炕上久久不能入睡。这一夜，班长几乎没有合眼，小组的每个人也就这样半睡半醒地熬到了天亮。

迷迷糊糊中，忽然听到班长兴奋的叫喊声："大家快起来看啊，我们的马回来了！"，大家猛地从迷糊中醒来。果然，如班长所料，马儿自己跑回来了。大家一下子兴奋了起来，欢呼了起来，一个个去抚摸马儿，从额头直摸到尾巴稍，爱不释手。宝马的归来，总算让一颗颗悬着的心落了地，也体验到了马儿的忠义之情——它是舍不得离开小组这个集体的，它是不会丢下我们的。"你可真是我们的一匹宝马！"其实，宝马当天晚上并没有跑多远，只是挣脱了缰绳，跑出去"随便溜达"了一圈，它这一"随便"，可把小知青们吓坏了。大家看到班长牵回了宝马，重新拴在马桩上时，心情特别激动，浑身的疲惫感顿时烟消雾散。

老马识途！见识了。小组的人一个个都围着马儿笑容满面，亲热得不得了。

为了庆祝宝马归队，早餐时，班长特意为每个人多发了一个大面饼。

这回真是有惊无险。

第一天的割柳条工作开始了。每个人都带好了中午的干粮、镰刀和绳索，坐上"宝马爬犁"出发了。宝马在江面上把爬犁拉得飞快，顺着河里的冰道向前奔驰着，尽管有棉帽子捂着，依然能听到风声呼啸着从耳边吹过。不大会儿，宝马一拐弯就上了松花江冰面，只一袋烟的工夫就把小组人员送到割柳条的地方了。松花江上结了厚厚的冰层，真是"冰冻三尺，非一日之寒"啊！大江中央的冰表面并不像人们想象得那样平滑，江水瞬间凝成的冰凌仍像波浪翻腾时的浪花模样。没有被雪覆盖的地方，江面晶莹剔透，凑巧还能看见冻僵在冰层里面的小鱼儿，它们保持着游动的形态，鱼鳞发着蓝莹莹的光。整个大江仿佛是一个巨大的蓝宝石，在太阳的照耀下灿烂夺目，漂亮极了，充满了诗情画意。天气很晴朗，湛蓝的天空没有一丝云彩，大地披着银装，显得更加白净纯洁，江两岸一长溜的堤岸树，枝丫上还都挂着团团白色的雾凇，把个秃顶子林木打扮成俏丽的冰雪美人，尽显大自然的鬼斧神工，让人为之赞叹。太阳远远地照在这片白雪皑皑的大地上。举目远望，大地上，雪景层次分明，线条清晰透亮。太阳，你可知道知青昨天晚上的遭遇？白天的浪漫与黑夜的残酷，截然两个世界！

　　松花江畔的荒滩、荒岛上，到处长着一蓬一蓬的低矮柳树丛。树丛有一人多高，枝条有手指那么粗细，溜直。柳条往往是几十根生长在一起。夏天长满树叶，蓬蓬勃勃的，一片翠绿，但到冬天，树叶一掉，便光秃秃的了。一蓬一蓬柳枝条直不愣登，给人一种冷清的感觉。这里一大片柳条，每年冬天都有人来割柳条。柳条割完一茬后，来年还能长得更旺盛。在南方，编筐用的是竹子或竹篾。

看见这么多的柳条，小组的人心情都很舒畅，分散开来，踩在厚厚的雪地里，挑着好的柳条一把一把地割了起来。每队把先割来的柳条一小把一小把地横着放在身后的雪地上，中间休息时，回过头来又一小把一小把地把柳条归拢起来，用事先割来的草把柳条捆扎成一小捆一小捆。在每捆的两头各打上一道"绕子"（捆柳条的草把）。捆绑结实后再把成捆的柳条靠江边一侧码成一小垛一小垛的，以便日后连队派马车过来运输时，方便装车。要想把这些柳条拉回连队去，只能趁着冬季松花江封冻时节。大江封冻时，冰面上不仅能跑大马车，还能跑解放车。

时近中午，大家按班长的要求，在附近拾来一些干柴，找了一块背风朝阳的平地，架起干柴，点起了火，围着火堆，边啃着冻的大白面饼，边烤着火，渴了，把浮雪掸了，就势抓一把像白砂糖一样的雪面子，摁进嘴里融化了解渴。也有啃着烤热的大面饼就着冰块吃的，咬得嘎嘎响，就这样冷一口、热一口，风一阵、火一阵，真有那种"战天斗地"的感觉，别有"风"味呀。这种完全不同于城市的生活，的确让知青们感受到了农村生活的不一样。虽然艰苦，然而，毕竟年轻，大家嘻嘻哈哈地开着玩笑，想象着自己是"抗美援朝"的志愿军。看到江岸上竖立的一排排的柳条垛，割柳条小组人人都很高兴，这是大家一上午的劳动成果，心里无不美滋滋。苦中有乐，更没有人叫苦打退堂鼓的，反而感到生活得非常充实而有意义。大家克服了种种困难，战胜了艰苦的自然环境，倍感自豪："像早晨八九点钟的太阳。"十几岁正少年。

　　饭后有半小时的休息时间，大家跑到江面上，在江边一片凸出来的平滑冰面上滑冰、打雪仗。北方知青在冰上行走如虎添翼，来去自如，尽情打"出溜滑"，在雪地里一个助跑动作，就能在冰面上平稳地滑出老远、老远，像蓝天上的雄鹰一样自由地飞翔。可光滑的冰面却使温州知青出尽了洋相，走不上几步就得摔个跟头，站都站不住，等摇摇晃晃地站起来，啪啪地又重重地摔倒，站起来，又摔倒，笨得就像大熊猫，惹得人们哈哈大笑，笑声在冰冻的江面上传开，惊起无数小鸟扑腾乱飞。

　　下午割柳条时，大家都来了干劲，干热了，脱了大棉袄，脱掉手闷子，摘下皮帽，向雪地上一扔，相约开展了劳动竞赛：看谁割得多，割的柳条好。相比北方知青，温州知青力气显然较弱，尽管使出了浑身力气，手上一连磨起了好几个血泡，还是没有比过北方知青。可能是鼓励吧，温州知青还是得到了班长的表扬。班长说："按照今天这样的干法和大家高涨的积极性，小组在这一周时间内不但能完成任务，还可能超额。"大家露出了憧憬的笑容。

　　傍晚收工回来的路上，大家在一处野草茂密的草甸子里，每人割了好几捆小叶章草带回去。这种小叶章草在东北大草甸子里很多，一望无际。农民大都用它来苫房顶，厚厚的一层铺在房顶上雨天不漏水，冬天能保暖，而且多年不烂。小叶章草烧起火来火头很旺，噼里啪啦的，比那草筏子上的三楞草要经烧，烧过后炭火持久，炕面热得时间长，是冬季取暖保暖的佳品。这也是大家多割了几捆的原因。把成捆的草码在爬犁上用绳索绑紧，班长挥鞭驾辕，其他人挤坐在草垛上，迎着日落时的晚霞，精神饱满地唱着："日落西山红霞飞，战士打靶把营归……"一路奔驰，回到了落脚的地窨子。

天有不测之风云，当割柳条小组都认为这次能顺利超额完成任务的时候，北国的严冬与他们开起了莫大的玩笑。

第四天早上，开门一看，外面下起了鹅毛大雪，纷纷扬扬。这雪可能是从半夜就开始下了，铺天盖地倾落下来，十多米外就看不清了。最要命的是，天色如铅，阴沉沉的，没有一点儿要停的样子。知青们遇上了连阴暴风雪！大雪越下越大，鹅毛大雪可劲儿地在天上人间飘着，外面平地的雪都足有几尺厚。亏了地窨子的门是往里开的，如果是朝外开的话，门早就让大雪封死推不动了，四个人真的会被雪藏了。这样的天，是根本不能外出割柳条的，危险。这一天，除了到草甸里划拉几捆取暖用草，四个人一直都猫在地窨子里。大家只能围着这口大铁锅烧火取暖。天气冷到了极点，地窨子里漏风的旮旯里都结满了厚厚的霜，只要一开门，那冷风就夹着雪花呼呼地往里灌。到第五天了，仍然是大雪飞满天。连队交给小组的生产任务还没完成，带来的粮食却只有两天的定量了，充其量也只能坚持三天。如果这样的大雪连续再下上三五天，别说任务完不成，连队的给养车肯定送不上来，割柳条小组就要面临断粮断炊、挨冻受饿、饥寒交迫的局面了，就会面临生死攸关的考验。为了争取时间完成任务和节省粮食，班长决定，只要大雪不停，出不了工，一天只开两顿饭，而且每人每天只能分一个大饼，以喝稀饭为主。班长亲自严格管理。

此后，煮的"稀饭"那真叫一个稀，饭勺子掉进锅里都能听到"叮咚"的声音，还激起了一圈圈的涟漪。大家都理解班长这样做的目的，因此没有人抱怨。在这恶劣的气候条件下，知青们都表示要坚守岗位，不完成任务决不收兵，不能耽误连队的春耕生产计划，确保完成连队交给的割柳条生产任务。当时大家的情绪都很激昂，想起了小说《林海雪原》中的众多英雄，想起了杨靖宇、赵一曼……那些抗联的英雄。年轻时代丰富的想象力和联想力，给人以精神上的振奋，增强了人的主观积极性，人的主观意念为人的生存又提供了机体抵抗力。知青们就这样咬牙坚持着。

人好说，靠意志和少量的粮食能坚持住，但是，宝马，它的口粮也只够维持了，如果可着它的胃口吃，也只有两天的粮。马不能饿着，只有让它吃饱了，才能抵抗这冰天雪地。漫天大雪飘舞，风声呼啸，大家明白，马要是趴下了，小组这四人的命不言自明。

怎么办呢？大家一筹莫展。

班长是这里的最高领导和权威，是南北知青们的主心骨，每个人的目光都落在了他的身上。他的责任不但是要带领割柳条小组完成好生产任务，而且还要安全地把大家带回连队去。面临这样恶劣的气候和缺粮的严峻形势，班长的心理压力肯定很大。每个人都很焦虑，抱怨这个大雪天气来得不是时候，也有人说天公不作美，真是感叹所谓"谋事在人，成事在天"至理。这一场暴风雪，几乎扑灭了知青们志在必得的信心。温州知青是头一次遇到这样的暴风雪，看看北方知青的神色，心里不免更紧张。东一句西一句地抱怨着老天。只有小付班长，闷声不响地一个人蹲在一边，一个劲儿地抽着老烟，烟雾都遮住了他的脸。沉默了半天后，他忽然叫大家都静下来，说要开个民主生活会。班长说，经过反复考虑，他最后下决心，才提出这个大胆的想法：我们不能这样坐以待毙，我们要敢与天斗，与地斗，要发扬人定胜天的革命精神。等这场雪稍小一点儿或天气稍好一点儿时，立即派一位战友乘坐马拉爬犁返回连队，向连队领导报告这里的紧急情况。如果这样的想法可以实施的话，估计马拉爬犁轻装上路，返回连队用时一天，补给装好再回来，路上用时也要一天，这样以最短的时间，争取两天内将给养拉回来。其余三人留下来，再坚持几天，等粮食运回来后，估计天也放晴了，小组再干上几天，也许仍然能完成割柳条的生产任务。这样做，虽然有一定的风险，但别无选择。班长征求大家的意见，大家举手全票通过了这一项决议。班长指定佳木斯知青去执行这一重要使命，因为考虑到他在连队时曾经赶过马车，熟悉这匹马的习性。大家也都认为他一定能胜任。

　　漫天大雪已整整下了两天，还没有放晴的意思。小组的四个人也整整在地窖子里窝了两天，无所事事。直到第六天清晨，大雪仍然纷纷扬扬，天还是那样阴沉沉的，云低得都快要压到了树梢了，但风势明显地减弱了。班长看了看天，亲自把马牵过来套上了爬犁。大家拥着佳木斯知青小孙走出地窖子，为他送行，并嘱咐他要沉着冷静，注意安全。班长过来拥抱着他，拍着他的肩膀并祝他一路顺利平安。大家站在雪地里目送着他一直到他的背影消失在雪地的尽头，心中默默地为他祝福，也期盼他能够带来好消息，使小组走出困境。

上午，小孙走了一个多时辰后，暴风雪的势头就越来越小了，天上的云也慢慢地散开了，只有一星半点的清雪飘落。下午，老天爷露出了一丝笑颜，天，终于要放晴了。被风雪困顿了多日，现在终于看到了光明，三人禁不住喜悦，一阵欢呼。赶快在门前的积雪中用铁锹开出一条通道，堆在门两旁的雪足足有一人来高，像道屏障。这么大的雪，几个年轻人平生还是第一次遇到。也是因为年轻，惊险刚过，面对这么厚厚的积雪，几个人不约而同想起堆雪人玩。大家先滚起了一个大雪球，立在门边，然后又推了个小一点儿的雪球，两个人用力把这个圆球抬起，放到那个大雪球的顶上，作为它的脑袋。为了给它镶上五官，去找了一根细一点儿的松枝，插在小圆球上给它按了一个歪歪的鼻子。用松塔镶嵌在脸上刻画成眼睛和嘴巴。然后跑到地窖子里拿出一个脸盆扣在它的头上，权当戴上一顶钢盔，最后把那把铁锹靠在它的身旁。这个雪人有一人多高，两人多粗，壮实而又不失英武之气，样子还挺憨厚，逗人喜爱。小组的"营房"门口又多了一位白雪卫士，给知青站岗放哨了。大家嘻嘻哈哈，像没有任何事情发生过一样，真是少年不知愁滋味。

这一天很快过去了。知青们把事情想简单了，以为天放晴了，小孙会按时拉回给养。谁也不会料到，更为严酷的事情在后面等待着他们。

四、粮草断了

小孙走了的第二天早上，等大家一觉醒来，天已有点儿放亮了，也不知道是几点钟。屋里的墙壁上都挂上了一层厚厚的霜，因为天太冷，肚里又缺少食物，下半夜到早上，屋里仍然是冻得不得了，为了保暖起见，大家都是戴着皮帽睡觉的。帽子上、头发上、眉毛上、眼睫毛上、胡茬上都凝结上了一层白白的霜花，一个个都成了白胡子老头。昨天留在脸盆里的水冻成了冰坨，紧紧冻在脸盆上，磕都磕不下来。这时班长已经起来，正在点火烧大铁锅，给大家取暖。连续下了几天几夜的暴风雪终于停了，可是，更为险峻的考验也接踵而至。东北人说，下雪天不冷，天晴了冻死人。这真是经验之谈，没有任何夸张。

大雪初晴，天气果然是嘎嘎地冷，冷得连哈气都会冻成团，吐出的痰尚未等掉地上就冻成冰疙瘩了。寒冻似魔鬼，步步逼近，仿佛要使整个世界都凝固了一样，也想把知青们凝结成雪人。

为了节省粮食，小组三个人，每人早上只喝了一碗"叮咚"作响的稀饭，就别上镰刀，背上绳索，带上中午的干粮，嘎吱嘎吱踩着厚厚的积雪，一步一步地朝着割条子的工作点走去。雪后天晴，江面上格外冷，北风呼啸着，直往脖子里钻，吹在脸上就像小刀割肉一样疼。大家不得不歪着头用手闷子捂住脸，背着风倒着前行，好不容易走到了割柳条的地方。和往日一样，大家分散开来，各自割柳条。

温州知青小项可能是由于肚里空着，再则是头一次遭受这样的大雪来袭，不谙东北的寒流之事，干活太猛，出了一身大汗。寒风一吹，浑身颤抖，不管再怎么拼命地干，贴身的衣服冰冷，身上也缓不过热乎劲来，而且是越干越冷，冻得口不能言，紧接着，双手也冻得僵直了，根本不听使唤，镰刀从手里掉了下来。整个人好像被严寒一层又一层从外到里包围了，从冻手冻脚开始，寒气步步向体内紧逼。小项这时的意识还是清楚的：我不能被冻死！我不能被冻死！我不能被冻死！还想凭着自己的意志力，咬紧牙关坚持一下，希望有所转机。然而，无论怎样努力，身体已经不听大脑指挥了。小项很紧张，在南方生活了十几年，从来没有遇到这样的酷寒，不知道应该怎么办了。以前在书上曾经读到过描写东北大冬天的情景，人走在雪地里，走着走着，一下子卧倒了就再也没有起来。读书的时候因为没有亲身体验，当然就没有感受。可是今天，这些描写都是那样的真实。小项感到身体渐渐地要结成冰坨了，开始麻木了，直觉感到"冻得快不行了"。刚才还想通过努力，使自己能够战胜严寒，恢复热度，看来是徒劳的。东北的严寒是不允许有这样的侥幸意识存在的，它按照自己的自然规律，向人类的生命极限发起猛烈的进攻与挑战。

小项开始有些发呆，直直地站在那里，不动了。已经感觉不到冷了。正在这时，班长看出了他情况有些不大对头，赶紧跑过来拉起他的手拼命地来回跑动，嘴里一个劲地叫："不能停下！绝不能停下来！"以此唤醒小项昏昏欲睡的意识。班长招呼另一知青小王快过来，两人一人拉着小项的一只手，拖着小项小跑步。开始，小项木然地跟着他们跑，好像跑了好几大圈，身子不再那么僵木。他们又拉着小项跑到一个朝阳背风的地方。小项的手闷子早已冻成硬邦邦的冰块了，双手已经完全失去知觉。他俩一人把着他的一只手，用雪粒子使劲搓，一直搓到的手有些发红了才停住。班长把自己那副热乎乎的手闷子套在了小项的手上，一股暖流顿时从手上传导了全身，他身上开始有了点知觉，驱赶了僵硬。此时，小项长长地舒了一口气，终于缓过来了。真悬！如果班长发现得晚一点儿，小项就成了一个冰冻战士了。

收工回来的路上，西斜的太阳像一团火球通红通红的，眼瞅着就慢慢地滑下了地平线，天色暗淡了下来。月亮准时跃上了天空，圆圆的，像一面镜子。这天是正月十五。如果老天爷不来暴风雪突袭，按预订计划，小组的知青们现在早已在连队和战友们一起过元宵节了，想象着那种热闹，大家都有点儿想连队了。

粮食见底了，给养再不来，割柳条小组的知青们就要挨饿了。算起来，这是知青小孙应该带着给养回来的日子。大家盼望着，眺望着远方的河道，希望能看到河道上飞奔的宝马。但是，现实令人失望了，河道上，只有大风吹着大雪滚，不见一个人影。大家只有悻悻而归。

正走着，这时，忽然从远方飞过来一只大鸟，扑棱着翅膀，一头撞到前面不远的雪地上一动不动。大家赶紧跑了过去，一看，这只美丽的大鸟竟然冻硬了。捡起来，班长说，这是一只野鸡，它的翅膀上还留有一处枪伤，可能是猎人打的。这四周根本没有人烟，这只野鸡应该是从什么地方受伤后飞过来的。"怎么就落在三人的面前了呢？大概也是天意吧。"真是天无绝人之路哇，在割柳条小组快要断粮之际，又意外得到了一顿丰盛的晚餐！大家一扫刚才的沮丧，别提有多么高兴了。

当天晚上，烧了一锅野鸡肉炖咸菜疙瘩汤。好久没有尝到肉的味道了，满屋子都是野鸡香喷喷的味道，馋得大家直流口水。吃完了，抹了嘴，不知是谁说了句，这一顿是解了馋了，下顿呢？是啊，下顿在什么地方？都这个时间了，按理，拉给养的爬犁也该到了呀。说到给养，大家又焦急不安起来。班长一趟一趟地跑到屋外张望。大家在地窖子外面用柴草和树枝点燃了一堆旺旺的篝火，火苗蹿得很高，离老远就能看见，这是为小孙做路标。大家盼望着他早点儿回来，带来给养，一起分享这锅美味的野鸡汤，过这个不平凡的正月十五。可是等了很久很久，天也越来越黑了，只有月色淡淡地照着雪地，显得那样苍凉。夜深了，还是不见宝马的影子。知青们做过很多种的猜测，又找出很多理由来安慰自己。但是，肚子唱起了"空城计"，个个饿得肚皮都贴到后脊梁了。估计，今晚小孙是不会回来了。也许，明天。可能是明天回来？班长特地为小孙盛出一碗野鸡肉来留着，其余的都被大家吃个精光，连一滴油汤都被舔食干净。肚里有了食物，身上感到了有力量和温暖。1970 年的正月十五，三个知青就在这渺无人烟的荒原野地度过了。真要感谢这只天外飞的野鸡，它不但救了知青的命，还让知青度过了一个难以忘怀的传统节日。

五、鱼呀，命啊

一天挨过一天，给养车还是没有来。小组已经粮尽了，再也没有可吃的东西下肚了。这么冷的天，肚里没有食物，人，真的会被冻死在这里的。为了生存，同样饥寒交迫的班长一大早起来，叫俩知青蹲在地窖子里取暖，千万不要出去，一定要等他回来。他就喝了几口开水，暖和一下身子，独自出去寻找能吃的东西去了。这一天，寒冻紧逼，饥饿威胁着知青们，大家很矛盾，既盼着班长能有所收获，又为他的生命安全担忧。个个心神不宁的，嘴里不停地念叨着班长，也念叨着小孙，似乎只有这样，班长才会平平安安地回来，小孙才会拉着给养回来，或许，心里也会感到宽慰一点儿。

班长饿着肚子，顶着呼啸的大北风，顺着松花江道走走停停，寻寻觅觅，但是都一无所获。因为操心着大家的口粮，他没有折回来，而是一直往前走。走了20来里地，远远地看到松花江面上，有几个打鱼的农民。这让班长欣喜若狂，忘记了饥寒交迫，身上也有了力气，径直朝着打鱼人的方向走去。东北冬天打鱼，要把冰层凿透，凿出几个洞，在冰底下撒下网来网鱼，有时一网也能打上几十斤呢。打上来的鱼，开始时是活蹦乱跳的，扔在冰面上一会儿就冻得像冰块一样。看到那些鱼，班长像遇到了大救星。他与打鱼人说明了几个知青在这冰天雪地里断了顿了，正在挨冻受饿，处境很危险。

班长的述说，引起了打鱼人的同情。东北人真的非常善良又豪爽，听说知青遭难了，遇到了生命的危险，非常慷慨，送给班长十几斤鱼，装满了一水泥袋子，让班长带回来。班长很感激他们的鼎力相助，千恩万谢，恨不得给他们磕头了，一连声地感谢"贫下中农对知青的关心和爱护"。班长回来的时候，已是下午。空着肚子，在雪地上拖着十几斤鱼，回来了。他是怎么回来的，跌跌撞撞，跟斗把式的，他自己也说不清楚。一身的冰雪。班长只是说，自己带回来的不仅是鱼，还是大家生命啊。"命啊！"

最后几天，割柳条小组就靠这些鱼煮汤，垫巴垫巴肚子，咬着牙坚持着，望眼欲穿地盼望着小孙和给养的到来。一连几天了，一点音讯都没有。知青不免有些担心起来，也禁不住往更坏处想，那种担心，真是让人抓心挠肝，坐立不安，只有祈祷小孙千万不要出什么事情啊，最担心的就是怕小孙碰上狼群。传闻中，赶大车的车把式冰天雪地遭遇狼群的事，说得人心惶惶。大冬天的狼群凶残无比，专门从背后偷袭，用爪子拍人肩头，乘人不防备，一回头，狼就专咬人的脖子，令人失血而亡……车把式为防万一，感觉肩被拍，也不回头，只将鞭子甩过去，套在狼头上将其勒死。因此，北大荒人有一个习俗，冬天从不背后拍人肩膀。

与连队完全失去了联系，几个人在胡思逐乱想，班长的心情更为沉重，蹲在那里一语不发。

人人在焦急不安和饥肠辘辘中又挨过了整整三天。求生的欲望让知青们无比坚强：一定要活着回连队。一切能吃的都吃进肚子里，实在没有吃的，就喝开水。知青相信，连队不会放弃他们，小孙也不会置伙伴而不顾。

等啊等，一直等到第12天的傍晚，忽然听到远处传来了马的嘶鸣，知青们以为饿出了幻觉，面面相觑。声音由远而近，越来越近……惊觉和期盼使三个人都支起耳朵听，听见了，听见了，真是马的嘶鸣声音，再一听，好像是向地窖子这个方向来的。有人就喊："肯定是小孙回来了！"三个人忽然来了精神，腾腾几步奔出了地窖子，果然，是小孙回来了。知青们使劲地蹦着跳着，欢呼着。那心情，五味杂陈，说不出那是种什么滋味。久别重逢？是，也不是。绝地逢生？是，也不是。那种喜悦却是真实的，是那种期盼已久的情感。大家你击一拳我打你一掌的，对小孙是又打又拍又拥抱，那种生死兄弟般的情感，常人很难体验。几个人着急问他这几天怎么过的？回连队的路上是不是碰到了什么情况？怎么等了这老些天了才回来，弄得大家"盼星星，盼月亮，只盼着深山出太阳"。小孙没有办法一一回答这些连珠炮式的问题，其实，只要他回来了，这些也都不是问题了，知青们只有高兴，高兴，笑逐颜开。

这次不光是小孙赶着马拉爬犁过来，一块儿来的还有连队另外两个战友，他们赶着一辆四马驾辕的大马车，不但带来了连队领导的亲切问候，而且还为犒劳割柳条小组带来一大块猪肉、粉条子和一些蔬菜。正月十五，连队杀猪，领导特意嘱咐为小组留的。大家听了都很高兴，很温暖，顿时觉得挨冻受饿吃苦都没有什么了不得的了，有那么多人还在记挂着大家。听跟来的知青说起，大家才知道给养晚来的原因：小孙一路着急地赶回连队，迎着江风赶爬犁很冷，为了尽早把给养补回来，他一路上马不停蹄。江风太猛，他又没下爬犁跑步暖暖身子，由于气候恶劣加上连日来的辛苦和劳累，他一回到连队就病倒了，发着高烧，神志不清，一直说着胡话，喊着小组每个人的名字。小孙被连队卫生员紧急送往总场医院治疗。

可是，连队领导的其他人根本不清楚割柳条小组的具体地理位置，广阔的松花江流域，有无数的小江汊子，有无数的柳树荒滩、荒岛，怎么找？全连都撒出去也盖不了大江的一个旮旯！只知道小组遇到了断粮断炊的危险，情况十分紧急。连队领导知道情况后很着急，而最有实效的办法就是让小孙的病赶快好起来，由他当向导带队去。经过总医院的治疗，小孙的病情才控制住，捡回了一条命。高烧刚退，神志一清，他就坚决要求归队，说明情况。他不放心留在荒岛上的知青兄弟。连队领导再次研究后，出于对小孙的安全考虑和为了早日完成割柳条生产任务，加强劳动突击力量，又增加了两位新成员，一并由小付班长领导。

这真是日也盼夜也盼，终于盼到了，大家坚持住了，经受了严酷的考验。就在雪地旷野上，大声呼喊着："胜利了！胜利了！我们胜利了！"又经过两天的努力，割的柳条已足够连队春耕生产编筐用的了。次日，大家休整了一天。转日天亮，大家满满装了一大车的柳条胜利返回连队，江岸上留下的那成垛的柳条，还能够装两马车的，这些只有等日后连队再派车来运了。

割柳条小组圆满完成了生产任务，受到了连队的嘉奖。

知青们告别了这个曾经住过的地窖子，告别了仍然在"营房"门口站岗放哨的雪人卫士，离开了曾经搏斗风雪15天的地方——这个一辈子也忘不了生死攸关的松花江上的那个柳条岛！

抗洪抢险记

一、恰逢雨季

转眼，就到 1970 年的夏天。

八月，东北遇到了几十年少见的一个多雨的季节。十几天来，没有停过。

连阴雨下个不停，乌云笼罩苍穹，大雨如倾盆，落到脸上都感到生痛，砸到地上的水洼里，都激起鸡蛋大小的水泡，此起彼伏，一波接着一波，很是壮观。有人在调侃：下雨哩，冒泡呢，王八戴个大草帽啦。大家嘻嘻哈哈地，佳木斯知青开玩笑说，都是这帮浙江知青给招来的"南方大雨"。说句实在话，这么大的雨可比南方的台风雨有过之而无不及，虽然风势不猛，但是雨量超大。台风雨还有暂时停的时候，这场雨就是一个劲儿地下，下，下，下得没完没了。大地里的活是干不了了。头几天，南北知青们还是挺高兴的，借着雨天，可以歇一下。宿舍里，写信的、看书的、说笑的、打闹的，咋咋呼呼都很开心。每天早上一觉醒来，先看看天，雨还在下，就知道不用出工，也不用出操了，又在被窝里赖上几分钟，伸个懒腰。

　　早饭后，各连的宿舍前响起了急促的哨声，连里要求各班各排组织知青们认真学习《毛泽东选集》中的"老三篇"，要求活学活用，要求每个人都要表决心，谈学习心得。学习结束，有活跃的就起哄让一排长跳个"拉倒来咪"。就这样又过去了一天。老天爷不知道为了什么，还是没有歇口气的意思，把几十年的泪珠儿全部倾倒了人间。下雨的时间一长，营长、连长的脸上也开始布满了乌云，阴沉沉得跟老天爷的脸色一样了。

　　大雨耽误农时，"人误地一时，地误人一年"。知青的心里也开始惴惴不安起来。

　　八营的地势比较低，又是一个建场时间不长的新单位。营地里有一条名叫"半截河"的小河，蜿蜒着穿场而过，把整个营部分为南北两部分。小河的南边是营部所在地，有领导办公室、财务室、商店、卫生室、连队领导家属区、老职工的宿舍生活区等；小河的北边是知青一、二、四连的宿舍和职工家属区。一、二、三连是水稻连，四连是后勤连，主管旱地加养殖。三连离营部比较远些，只有营部开大会的时候才过来。半截河的水平日里很清澈，缓缓流淌，给人以舒缓的感觉。每天傍晚收工，洗涤完，晚上只要没有学习任务，知青们也会到小桥上走一走，散散步，说说话。那时候知青中流行"一帮一，一对红"，青年人也会跑到小桥上谈谈心，交流一下思想。小河大坝上，长着一排弯弯曲曲的榆树，倒映在清粼粼的河水中，袅袅婷婷，看着也有点儿浪漫。沿河边大坝下，一垧垧的农田连绵不断。

稍远处，便是一大片一大片的草甸子，春天的时候，草甸子里开满了各种各样的野花，五彩缤纷，十分好看。

据说，半截河是一条人工小河，日本侵略者侵占东北时期强迫各地劳工挖掘的，引松花江之水，主要是为了种水稻浇灌排水之利。知青连队有一次在修水利加固河坝时，曾经就挖到过人的骨骼。泛黄的骨骼讲述着那段屈辱的历史。老农工说，这可能就是被日本侵略者强迫押来挖河的劳工，累死了，倒地了，就势被埋进坝里去了。无疑，这是日本侵略中国的罪证，肯定要记在日本侵略者的头上。日本侵略者把在半截河岸收来的稻谷运回日本或充作军粮。在这里的日本侵略者有一条强盗规定：中国人不准吃大米。为了防止当地东北人偷吃大米，他们会经常突袭抽查化验东北老百姓的大便，如果被发现了，这家人肯定就是死罪，会被拉出去枪毙。家国不保，被奴役的人民真是连狗都不如。每次听着老职工说的这些家国往事，我们都感到十分愤慨。1945 年，日本帝国主义侵略者投降后，大量劳工都回家乡去了，这里的稻田荒芜了不少，长满了一人来高的小叶章和各种杂草，成了一望无际的大草甸子。

只是，大雨滂沱之下，小河的水涨满了，紧挨着小桥的梁汹涌而过，河水泛过桥面，失去了往日的温情。草甸子里更是一片汪洋，白茫茫的，只露出草尖尖。靠近四连养猪圈的北面，有一大片白桦树林，那里是整个营部地势最低处。几天的雨水已经漫过了通向半截河火车站土路旁边的排水沟，水位不断上升，排水不利，雨水越积越多，渐渐逼近白桦树林。知青们冒雨用"水来土掩"的办法，在这里垒起一条又宽又厚的阻拦洪水的土坎，想把雨水就此拦住。不过，老天爷没有买知青们的账，依然是下个不停，而且更加欢实。知青们的宿舍都是泥坯房，真要水漫金山，那只能留下一堆堆泥土了。知青们有些着急，怎么办？

其实，我们并不知道，真正的凶险还在后头。

那天清晨，天刚有点儿蒙蒙亮，因为不能出操，大家还在睡梦中。突然，大队部门口悬挂着的那口大钟，当——当——当——地敲响了，钟声划破了整个营部的宁静。大家都被那紧急集合的钟声惊醒了。只听见屋外面各连排长们来回跑，使劲地敲打着脸盆，大声地叫喊："大家快起床了，北堤决口了；大家快起床，北堤决口了——"

北堤？决口了？在哪里？

知青们被这钟声、脸盆声和带着紧张的叫喊声给惊住了，一时懵了。等回过神来，赶快穿上衣服，冲进大雨中，向着北堤跑去。

二、紧要关头

北堤，很长，曲曲弯弯的，有五六百米，是旱田四连北地的一条防洪堤，主要用来阻挡来自大草甸子的雨水的。北地是旱田，坐落在我们营部的北面，主要种植小麦、高高粱、玉米、大豆和供应各水田连队的菜蔬等农产品。北地与场部隔着一片一眼望不到边的大草甸子，仅有一条简易大道直通营部，距离营部其他水田连队有十多里地。北地有五六十垧刚收割完的小麦，麦垛还码在大地里。刚收完麦子就遇到了少见的连阴雨。旱地被泡得稀软，就像泡了水的馒头一样，车辆一进地里就被陷住，根本就没有办法把麦子运回场院。北堤决口了，北地的小麦可就要全部被泡在洪水里了，一年的辛苦就白费了。知青用汗水和辛勤劳动换来的丰收果实就会全部损毁，损失巨大，真的让人很心痛。这种心痛让知青们动容。

大雨滂沱，洪水汹涌，天压得很低，乌云就在人的头上盘绕，情况万分紧急。营部各个连队的宿舍里，气氛一下子就急促了起来。在钟声的召唤下，知青们纷纷从各连队的宿舍里奔跑出来，大家都顾不得带上雨具，有的扛上铁锹，有的扛上一捆抗洪抢险专用的草袋子，有的扛上抗洪抢险用的柞木桩，各连队知青们顺着通往北地的大坝，冒着大雨直奔决堤的现场——抗洪抢险去！

顺着堤坝前方，二三百米转弯的地段就是决口处。这里的堤坝最窄，被洪水冲开了五六米宽的缺口，而且堤坝决口处的两旁，因为洪水冲刷，还在不断往下塌方，塌方一下来就被洪水冲"化"了，决口在继续扩大。每塌方一次，知青们的心就被往上提一下，紧张得快要蹦出来。洪水汹涌，毫不留情，一个劲儿地涌入麦地，而堤坝内的麦地里，码堆近两人高的小麦垛已被大水淹得只露出了一个个垛尖尖。一眼望去，就像汪洋中漂浮着数不清的草帽。此时此刻的景象，看了，真叫人感到大自然的无情与冷酷。

洪水还在不停地往上涨，打着旋儿地在上涨。

连队的形制已经被完全打破，一些男知青自发去长堤决口处去"堵口子"。他们拉起人墙，想用自己的身躯抵挡住洪水，是电影里最为壮观场面的复制。一些女知青则去给草袋装土，我和另一些女知青去抢收麦垛，洪水中抢粮，抢一捆是一捆。我和几个女知青手拉着手，趟进齐腰的水里去抢麦子。洪水还在上涨。女知青们一步一探地向前走。尽管有人见了拼命喊"危险！快回来！"，我们几个人还是往前走。就在这时，一个不小心，我一脚踩进了麦地的排水沟里，整个人就被淹没了。千钧一发之际，亏了两边拉紧手的佳木斯知青，一把抓住我，向上拽。浮出了水面。还好，我只呛了两口水，命没有丢。女知青们总算是把离堤最近的麦捆抢回来一些。

男知青们没有堵住决口，洪水越来越大，麦田里的水越发汹涌，眼看着一些麦垛被冲走了。

当务之急，先堵决口。

运送堵决口草袋子的知青最多，每个人都背起一捆抗洪抢险用的草袋子，以急行军的速度前往决口处。此时在通往北地泥泞的大堤坝上，都是肩负几十斤堵决口的草袋子奋力奔跑的知识青年们，队伍蜿蜒好几里地。一些男知青的动作比较快且耐力又好，所以很快就成为抗洪抢险的第一梯队，有30来人。大家都是负重行进，身上几乎都被雨水和汗水湿透了，不小心摔一跤，人人混成了泥猴。因为情况紧急，大家来不及吃早饭，经过长距离的奔跑后，大家又饥又累又渴，体力大都已明显透支，都有点儿上气不接下气了，奔跑的速度放慢了许多。即便如此，也没有一个人停下或言放弃的，都在咬紧牙关坚持。此时知青们只有一个信念，那就是争分夺秒，尽快堵住决口，使连队的粮食少受损失。知青们前呼后应，相互鼓动着，大声反复地高喊着："下定决心，不怕牺牲，排除万难，去争取胜利。"真的，这就是劳动号子，使人们精神为之一振，忘记了疲乏。精神上的振奋，带来了力量，大家咬着牙坚持度过了这最困难的时刻，一步一步向前。这时不知是谁喊了一句："大家加油啊！"只见前面堤坝决口边上，有知青一个劲地向大家招手。大家知道可能又出现了新的情况，都纷纷加快了脚步，把装满泥土的草袋子堵塞在决口上，又跑回去扛草袋子。就是这样一拨接着一拨地干。

堤坝外，整个草甸子都漫着浑浊的洪水，洪水气势汹汹地、不停地拍打着堤坝，大有不摧毁堤坝不罢休的势头。

旱田连的张连长是佳木斯知青，20岁出头，正在紧张地指挥着堵决口子的知青们往水里打木桩子。大家把装满泥土的草袋子填塞到决口上。可那洪水根本就不予理睬，把知青们好不容易背来的草袋子一下子给冲得无影无踪了，这可给抗洪带来了莫大的难度。都说"初生牛犊子不怕虎"，知青们也顾不得什么后果，情绪上来了，纷纷扔下肩上的抗洪物资，嗷嗷叫着，奋不顾身地又跳进齐腰深的洪水中，想用自己的身躯来和洪水再做一番较量。然而，汹涌而来的洪水，冲劲实在是太大了，冲进决口的知青们还没等站稳脚跟，一刹那，又像鸿毛一样全都被洪水冲出距决口处几十米远的地方。张连长急得一下子从水里蹦上了堤坝，大声阻止了其他正准备下水的知青："不要盲目下水了，注意！危险！"并组织人员抢救落水的知青。亏了下水的知青都会游泳，总算没有造成人员伤亡。好险啊！洪水如猛虎，真是不假。

大堤上被陆续赶来抗洪的知青们挤得满满的，一时又无从下手，站在那里不知所措，现场显得有点儿乱。幸好，营部领导会同张连长把抗洪抢险事宜及时做了重新安排和部署：一是从陆续赶到的知青中挑选了几十位身强体壮的男知青专门负责打桩和堵口任务，由旱田连的张连长带领；二是带铁锹的男知青把铁锹交给女知青，由二连长带领到离决口处300多米远的高土包上取土装草袋，以备堵口子用；三是其余的知青由一连长带领，负责把装满土的草袋背到决口处进行填塞。

任务分配完毕后，各位连长立即带领陆续赶到的各路人马投入紧张而有序的工作中了，抗洪现场秩序立刻变得有条不紊起来。

三、缚住长龙

那几个被洪水冲走的知青，先后艰难地游回堤坝边，上了岸，拧干了衣服上的水，就又直奔堤坝旁。几个人也顾不得休息，加入抗洪抢险的队伍中去了。一连的温州知青，正好归队就位，一连长马上走过来，让一连几个跳进洪水中抢险的男知青先休息一会儿，喘口气。可在当时，几个人看到紧张抗洪抢险的劳动场面，根本就坐不住，大家二话不说，背起了装满泥土的草袋子，就又融入抗洪救灾的激流中去了。

天上依然是乌云密布，雨还是下个不停。不过，和前几天的瓢泼大雨相比，这雨势明显小多了。知青们把装满泥土的草袋子背在肩上，那草袋子里的泥浆，就顺着脖颈一个劲地往下淌，知青们浑身上下都是泥汤连连，没有一块干净地方，衣服全粘在了身上，就像刚从泥浆里爬出来一样。如果站在那里不动，绝对是现代派的行为艺术——活体泥塑。装草袋的地方离决口处有300多米的距离，因为前方等着急用，草袋子上了肩后，只能一口气背到决口。来来往往的知青们，拥挤在狭窄的堤坝上。再说，那么沉重的草袋子，放下了又怎么能拿得起来。扛着草袋子奔跑好几百米的路程，每走一步，都很难。那大雨，还不断地给大家肩上增加着水分，重重的草袋子和着泥浆压在肩上，越背越重，那可真叫一个死沉死沉的啊。路又滑，又泥泞，几趟背下来，肩膀就被草袋磨掉了一层皮。更糟糕的是，由于过于紧张和投入，有些男知青的鞋子也跑掉了，直到脚被堤坝上的灌木根扎破了，流血了，才发现受伤了，一碰钻心地疼，走起路来一拐一拐的。有些知青的衣服被撕破了，干脆光着膀子，身上也留下了被草袋划出的条条血痕。为了尽快堵住决口，很多知青，轻伤不下火线，默默地咬牙坚持着。当时的劳动强度非常大，真的是在用自己年轻的生命在坚持，在与老天搏斗。这就是大自然对每个人的考验吧。人与天斗，天与人斗。

　　快晌午了，场部食堂送饭来了。忙碌了整整一上午，大家还都滴水未进、粒米未粘牙呢，个个饥肠辘辘，早就饿得前胸贴后脊梁了。连长下令开饭，利用午饭时间让大家休整休整，补充能量，以利再战。这些来自全国各个城市里的知青，被洪水折腾得也没了讲究，大家在路旁的小水沟子里淘了点积水，随便抹了一把脸，涮了涮满是泥浆的双手，就势就往身上一擦，也不管干净不干净、卫生不卫生的，抓起馒头就往嘴里塞。有的知青真是饿急了、饿慌了，恨不得一口就能吃下一个馒头去，结果欲速则不达，被噎出了眼泪来，惹得大家哈哈大笑。这可是抗洪现场第一次飞出的笑声哪，紧绷了一上午的神经，在笑声中稍稍缓和了下来。

东北的大馒头二两一个。这一顿，有的知青一连吃下了六个，还喝了两碗汤，仍然觉得没吃太饱。一连长自己还没来得及吃中饭，便带着连队的赤脚医生过来巡查受伤知青的伤情，让赤脚医生为每个伤者包扎上药，并脱下自己的鞋子，给有脚伤的知青穿上。连长的举动，让这些远离家乡、尚带着学生气的青年，感受到被人呵护的暖意，心里热乎乎的。我的右脚也不知什么时候也被扎破了，流着血，指导员让我回去，这个时候大家都在拼命，我没好意思，硬着头皮坚持了下来。

饭后，大堤决口前方传来了振奋人心的好消息，大坝决口就快要合龙了。这可是关键时刻。各连要挑选出几个水性好、高大的知青，跳进水里扶桩打桩。温州知青普遍瘦削不太高，难当此任。高高大大的佳木斯知青二话没说，在腰上捆绑上麻绳，冲进洪水里就去打桩堵口。可是他们刚下到水里，又被洪水冲出去老远，亏了腰上有麻绳，又让大家给拽了回来，反复多次，终于把桩子一根根地打进去了。人们把草袋子趁势给填塞上。此时此刻，草袋子一定要跟上。背草袋子的知青又嗷嗷叫地冲上了堤坝。但是，就在这时，惊险的一幕发生了：决口越来越小，水流却越来越湍急。一连的一位佳木斯知青小许正在打桩，却被洪水冲得脚下一滑，正好卡在了两个木桩的中间，不能动弹。湍急的洪水，迎头打来，没过了他的头顶，整个人一下子就被吸进了洪水之下。情况相当危急。大坝上的气氛又一次紧张了起来，大家不约而同地叫喊了起来，声音里透着惊慌。说时迟那时快，一直在旁边扶桩的大个子佳木斯知青小孙，一把就把小许拽住了，使出了浑身的力气，硬是把小许从木桩的夹缝中给拽了出来。小许已经晕了过去，几个知青七手八脚地把他给拉扯到堤坝上。经过一番抢救，总算把小许给抢救过来了，直到这时，大家才松了一口气。好险啊！差一点儿就酿成了伤亡事故。

　　为了最后能安全顺利地使大坝合龙，负责堵口的张连长召集各连男知青留下来，让大家手挽着手下到洪水里，在他们打桩堵口的外围组成一道人墙，减缓水流的速度，以便能更快地打桩。男知青领命，纷纷跳入水中，手挽着手排成了好几道用人身体组成的屏障，有效地缓解了堵口的难度，提高了打桩堵口的效率。

　　男知青都到水里筑坝去了，装泥土背草袋子的任务就由各连的女知青们承担了起来，大坝上，一队队"铁姑娘"跑得飞快。重任在肩，巾帼不让须眉。在一片口号声中，人人都铆足了劲，把草袋子送到决口。那些草袋子无不倾注了知青们的殷切希望——决口，快快堵住吧。

　　年轻人天不怕地不怕的壮举，使口子越填越小了，大坝终于合龙了。堤坝上飞出了一片欢呼声，有人狂喊：合龙了，合龙了！有人高呼：胜利了，我们胜利了！参加堵口的三个连队共 400 多名知青，经过近十个小时的连续奋战，终于完成了抗洪抢险的任务。

　　大雨还在下，但老天爷已经奈何不了知青们了。

那人 那狗 那场院

一、领命

秋收之后，接下来的生产劳动，就是把码在田埂上的水稻捆运到那个固定的地方——场院。全连知青身背肩挑，朝出晚归，把稻捆全部运到场院里堆放，码好垛。不几天的工夫，那个宽敞的场院里，就整整齐齐地排列起十几座稻垛。稻垛一座挨着一座，像山峰一样屹立着，这是知青们通过辛勤耕耘得来的硕果，也是温州知青在边疆收获的第四个年头。我们和来自佳木斯、鹤岗、哈尔滨、北京的知青一道，分享着金秋的喜悦。

稻子全部归场院后，主要的生产就是脱谷了。脱谷之前的准备工作是事先要在场院里，挨着稻垛附近的那片地方整理出一块平坦的开阔地，大约有五亩地的面积，作为脱谷场之用。我们先用铁锹铲除了地面上的各种杂草，然后用老牛拽着的石碾子来回压，把地面轧实了，轧得平展展的才罢休。北大荒脱谷与温州大不一样，时节一般都是要等到每年的12月，集中到场院里进行，因为那个时候东北已经滴水成冰，气候十分寒冷干燥，更便于脱粒。

在靠近稻垛正中央的位置，安装好脱谷用的六联机、滚筒和扬场机等各种设备，它们的底部被埋在土里，各种脱谷设备的台前台后浇上井水，使之与大地冻结在一起。整理好的脱谷场平整得就像溜冰场一样，没有了浮土和土坷垃，用大扫把一划拉，地面特别干净、光滑，脱下来的稻谷里就不会掺杂土坷垃和杂质，用大板一刮，都能顺利地归拢到一块。脱谷时节，金黄色的谷子在场院里堆积如山。脱谷是一个忙季，人挑牛拉，知青们忙得连轴转，日夜 24 小时。我们女知青的任务是分把，把一捆捆稻子分成小把，脱谷的知青把稻把放进六联机脱谷。一轮下来，人很困乏，一位温州女知青从六联机上摔了下来，知青们吓坏了，也吓醒了。经过扬场、装袋，再用汽车、大马车把稻谷运到总场，上交给总场粮库，一年的农业生产就算基本结束了。

场院里，除了安装好的脱谷机，还堆了好多尚未安装的机电设备、脱谷配套设备、各种劳动器具。每年的这个时候，连队都需要派专人去看护照管场院。以防有人偷盗。原先看护场院的是一位孤身老农工,这个年过半百老农工，因近来新找了个老伴，营领导照顾他，让他搬回营部宿舍去了。

谁来看守那场院呢？一个人独立工作，远离营部和连队。连队领导决定，这次计划让一名知青去看护院。消息传来，连队里的知青纷纷猜测，谁会担当此任？

几天后的一天，温州知青小项突然接到连队通知，让他去接替老农工，进驻场院，担负起看守场院的重要任务。

小项欣然领命。他收拾好随身使用的生活用具，打起行囊，告别了连队的战友，只身来到远离连队的场院房安顿了下来，开始了独居生活。

从春耕生产到秋收时期，凡是大田劳作的农忙季节，连队食堂就会送饭到田间地头，一天两顿或有时三顿。因为农田作业季节性强，连队知青的劳动地点离营部又远，往返很浪费时间。中午，知青往往就在场院房避风的地方吃饭。那个场院房，成了连队知青晌午就近休息的最好场所。

场院房坐北朝南，紧挨着一条通往半截河火车站的大道。说是大道，其实就是一条比较宽的土路而已，东西走向，晴天一层土，雨天一脚泥。即便这样，也是周边小屯、知青通往半截河火车站唯一通道。上下车的时间段里，经常有路人来来往往。与场院房并排的那座大房子，就是连队的种子库和谷仓，坐落在人来人往的大道旁。连队交给知青的重要任务是加强警戒，保管好堆放在场院里的农机具，保证稻垛的安全，保证种子库和谷仓的安全。领导特别强调"要保卫我们的胜利果实"。此前，种子和谷仓曾经被偷盗过。为保证场院的安全，连领导要求知青负责喂养好场院里的那两只狗。

小项和看守场院的两只狗非常熟悉。他曾是连队的看水员，从春耕开始直到秋收结束，负责稻田地里水稻生长期间的灌溉和排水。他所看管的地块，正是场院北面的十七坰地，就在场院附近，只隔一条引水渠。工作日中间休息时，他都会到场院喝点儿水或坐一会儿，与老农工说说话，逗逗那两只狗。时间长了，人和狗就很熟悉了。每当看到小项来了，它们就会摇着尾巴迎上来，可亲热呢。

　　只身来到场院后，静寂中，除了星月，只有两只狗每天朝夕陪伴。和那两只狗狗朝夕相处，时间久了那人那狗竟然成了好朋友。有时，一个人实在闷得发慌，小项就对着旷野高声地唱上几句，或者"噢——噢——"地喊上一嗓子，以驱散孤独感。那两只狗，只要一听到歌声和呼喊声，不管多远，都会蹿出来，齐齐回到主人身边，摇晃着尾巴跟主人亲热一番。狗吠汪汪，驱除了知青小项许多寂寥。那狗，与人形影不离，煞是可爱。

　　这两只狗是有来历的。它们是黑龙江边防部队退役到地方的狼犬，是真正的转业军犬，受过专门的训练。那条披着一身黄毛的，名叫"赛虎"，虎头虎脑，非常机灵；叫起来声音洪亮，底气十足，真是虎虎生威。黑毛狗名叫"四眼"，因为在它的眼睛上方长了两点犹如唐代美人流行的"卧蚕眉"，加上它炯炯有神的双目，形似四眼。那狗的叫声粗犷，威慑力很强。由于喂养得好，两只狗浑身皮毛油光通亮，身形魁梧，壮如牛犊。赛虎和四眼个头都很高大，站起来两只前爪能搭在人肩膀上。尽管它们样子长得有点儿吓人，但是对主人却非常温顺且忠于职守，不认识的人是绝对不可能，也不敢靠近它们的。场院有了这两只狗，就像有了护院金刚，一个秦琼，一个关公，忠勇双全。尽管小项一个人远离连队，住在前不着村后不着店、四周空旷的场院，但因为有了两只狗，即便在狂风呼啸的夜晚也不觉得害怕了，睡觉时心里也踏实多了。

　　在远离连队的日子里，小项和赛虎、四眼成了亲密的战友。每天三顿饭，除了人吃的，还要准备两只狗的食物。连队拉来了一车生活用煤。做饭、烧炕、取暖全有了。一个人开始独居生活，从小没下过厨房做过饭的小项，学会了做饭，学会了烧煤炉子、烧炕，一切只能靠自己，只要做熟了能吃饱不饿就行了。但是，他每次给狗狗烧食物时，都会精心制作，用豆饼掺点儿米糠料拌好了，烧熟了，按量加点儿盐。嘿，还别说，它们稀里呼噜地还挺爱吃。吃高兴了，它们就围着他摇头摆尾。每天吃饭的时候，小项坐在场院房里屋炕上的小炕桌旁，两条狗蹲在外屋墙边各自的狗槽旁，互不干涉，从来不争食，听话又懂礼貌。

饭后训练是少不了的。平时小项经常和它们玩，训练它们的灵活性，掰一块它们喜欢吃的豆饼，远远一扔，两只狗就快速蹿过去，高高地跃起，十分准确地叼住，动作敏捷利落。

两只狗是场院忠诚的卫士，成天跟在小项的屁股后头，巡逻放哨，时不时嗅嗅地面上可疑的地方，非常尽忠职守。冬天，小项带着狗，扛着铁镐和塑料编织袋，到冰冻的大地去。稻田地里的田埂子上，到处都能看见田鼠洞。两只狗发现鼠洞时，先凑过去不停地嗅嗅，知道里面有田鼠，然后就对着洞口不停地使劲往洞里吹气。里面的田鼠受不了狗的气味，不一会儿便从另外一洞口跑出来。机灵的赛虎和四眼配合默契，快速地扑上去，逮住，再用前爪扒拉过来，扒拉过去，戏耍着田鼠玩。等到田鼠又惊又怕不再动了，两只狗就蹲在旁边瞅着，只要它一跑动，就又马上扑过去捉弄一番，用前爪将它摁住，再玩一遍，直到田鼠跑不动了为止。狗玩够了，田鼠也玩完了，最后就成了两只狗的美味。俗语说"狗抓耗子多管闲事"。其实不然，它们抓田鼠也是为了补充营养。那个时候，人都缺肉吃，何况狗呢？它们玩它们的"狗抓耗子"，小项就拿着铁镐专门去挖田鼠洞。冬天的大地冻得杠杠的，每刨一个田鼠洞都很费劲，但收获也不少，田鼠在洞里面储存了大量稻穗作为越长冬的口粮。每个洞都是田鼠的粮仓，里面整整齐齐全是稻穗。田鼠很识货，它们专偷颗粒最饱满的稻穗贮藏，一个田鼠洞刨下来就能收获十几斤稻穗，几个田鼠洞刨出来的粮食就能装上满满一麻袋，近百斤。小项每次带着狗狗出去，它们都能吃上肉，补充营养，既消灭了田鼠，又从鼠口里夺回不少粮食。赛虎和四眼美美地吃着田鼠肉，从此乐此不疲，只要小项一拿起镐头，它们就心领神会，蹦蹦跳跳跟着走。人和狗狗，互相合作，狗抓田鼠，人刨鼠洞。那个冬天，小项刨回了好几百斤的粮食，送到连队。

二、那狗

每隔一段时间，小项就要去一趟连队领一些生活物品和粮食。到了领补给的那天，小项的一举一动，两只狗心里非常明白。它们围着小项转，仰起头来用期待的眼神定定地看着他，它们是想跟着他一块儿到营部溜达。狗狗也怕孤独。但场院不能没有狗看守啊，两只狗必须得留下一只看家护场院。这时候，只要小项一招呼，让谁留下来，那一只狗虽然会绝对服从命令，也能忠于职守，自觉地留守场院，但也会情绪低沉地垂下头去，发出低鸣。他摸着它的头，不停地安慰着，说下次一定带它去。当然，他对它的两只狗们也从来不偏心，这次带上赛虎，下次就一定会带着四眼。小项到连队食堂里领完粮食、蔬菜及油盐酱醋，再到马舍处领取豆饼和稻糠。几十斤的东西，一副扁担挑着就回来了。人吃的、狗吃的都有了。从营部到场院也就40多分钟的路程。一路上，狗卫士赛虎一直紧紧相伴，决不偏离半步。快要到场院时，四眼离老远已经看见了他们，"汪、汪"地叫，显得很高兴，但是不会冲过来亲热，它知道自己不能脱岗。只有走近了，四眼才摇着尾巴，撒着欢儿跑过来迎接，那样子真好像久别重逢的战友，别提有多亲热了。

有一天傍晚，小项正在场院房里准备人的晚饭和狗的食物，赛虎和四眼则像小孩子一样，一边在屋门口玩耍，一边等着吃。这时候有几个附近小屯的老乡从东往西路过场院，要到火车站赶车。赛虎和四眼也像往常那样，对着道路上的行人"汪汪"叫几声，以示警告：不要靠近。因为平时它们都是这样例行公事的，所以小项自顾自烧饭，也就没有在意。没想到这几个老乡，可能仗着人多势众，纷纷拾起地上的石头就扔向这两只狗，连吼带叫的，想吓唬吓唬它们。

赛虎和四眼被激起了性子，狂怒了，只见它们前腿紧紧地绷起来，后腿往后一蹬，又大声地怒吼，意思是在警告他们不要乱来。这几个年轻老乡身强力壮，并没有把狗的警告放心上。一路走来，有的还想蹲下身来继续拾地上的石头。说时迟那时快，那赛虎和四眼一看警告无效，同时大叫一声，腾空跃起，20多米的距离也就用了两秒钟的时间。只见它俩跃上去，仅仅一个回合，就各自摁倒一人，其余两人一看大势不好，拔腿就跑。赛虎和四眼一看他们想跑，立即转身就冲了上去，又是一个跃起，叨着他们的棉袄袖子只那么一摔，那两个老乡就又趴下了。先前那两个老乡此时还想爬起来开溜,这工夫赛虎和四眼哪肯罢休，还没等他们爬起身来站稳，两只狗早已转回来，龇牙咧嘴地站在他们的面前了,吓得这四个人趴在地上直喊"救命!"。

听到有人声声喊"救命"，小项赶紧跑了过去，只见这四个人已经全都趴在地上，一个个魂飞魄散。小项怕出意外，急忙大声喊："赛虎、四眼回来！"听到小项的命令，赛虎和四眼这才跑回来，摇着尾巴请功邀宠，但眼睛还是炯炯有神地紧盯着那几个老乡。看到狗跑回场院房了，老乡们才得以爬起身来。小项一一看过他们，万幸，狗狗们懂事，训练有素，没有真的伤着他们，只是威吓而已。小项告诉这几个老乡，以后经过这里时，千万不要故意招惹它们。它们叫两声，意思是叫你们离这种子库远点儿，不然的话，它们真会对你们不客气的。这一回，是它们很有分寸，没有真正地伤着你们，下次可不能再这样逗狗了，这狗很有记性的。几个人连连答应着。老乡说，这次可算是真正领教赛虎和四眼的威猛了。此后，场院房的赛虎和四眼威震四方，远近几个小屯的老乡，都知道了它们的厉害了。两只狗这下也真的出了名。路过这里的人，都要先看看有没有赛虎和四眼在守候。赛虎和四眼聪明，只要人从它们身边安静地走过，它们也只睁着眼睛看着，老老实实趴着，从来不出声。

三、春回

北方漫长而寒冷的冬天快过去了，北国大地终于脱下了银装，渐渐地换上了绿色的新衣裳。万物苏醒，显示出春天的生命活力。随着天气渐渐变暖，稻田里冒出了绿芽。这里种稻也和温州不一样，这里是把发了芽的稻种直接条播到田里。稻田周围的草甸子长满了各种水草和各种颜色的野花，东北大地被打扮得格外美丽。

开春了，连队仍然让小项担任看水员兼顾看护场院的双重任务。他一如既往地呵护着每一块稻田，灌水排水。赛虎和四眼仍然紧跟着他，人和狗，都走在希望的田野上。每天清晨，小项扛着铁锹下地块巡查引排水的水位情况。春天正值稻苗返青的时候，稻田里灌溉系统的情况，每天都要一一认真检查一遍，这是一个看水员早上的必修课，它关系到水稻一年的收成。赛虎和四眼大清早就跟着他在田埂上转悠，成了小项最忠实的"跟屁虫"。它们时而在前面狂奔；时而相互追逐玩耍；时而在草丛里蹿来蹿去，把草甸子里准备孵化下一代的野鸭子赶得惊惶失措，飞来飞去。赛虎和四眼可喜欢玩这样的游戏了，只要主人不叫，它们就会不知疲倦地一直追赶下去。野鸭子也有自己的策略，当感到有猎人或其他危险到来的时候，它会朝着另外的方向忽然飞起，然后就像身负重伤似的歪歪斜斜地落下来，等人快靠近时，又故技重演，飞起又落下，再飞起，一直把你引得远远的。安全了，野鸭子就高高地飞起来，一会儿就不见了踪影，以此掩护自己的下一代。

不过，野鸭子也有失算的时候。有一次，赛虎和四眼正在草甸子附近的田埂上跟着小项转悠，查看稻田灌溉的情况。两只狗突然发现，在不远处，有一只野鸭子正扑腾着飞起。它们果真上当了，当时就一前一后地追了过去，上演了一出"狗撵鸭子嘎嘎叫"。小项知道那边草丛里肯定有一窝野鸭蛋，便径直朝野鸭子起飞的地方跑了过去，哈！这一次收获可真不小，找到野鸭子的老窝，捡到了一窝野鸭蛋，装了满满一草帽。两只狗被调虎离山，追赶着鸭子跑出去老远，听到了小项的大声欢呼，它们又赶紧往回跑。

北大荒可真是个好地方，在校读书时，有课文曾经描写过北大荒："棒打狍子瓢舀鱼，野鸡飞到饭锅里。"书上得来总觉浅，现实中的北大荒草甸子，的确是这样的。早上，看水员在排水沟洗脸时，好几次无意中用脸盆竟淘上小鱼来。

小项一手捧着草帽子里的鸭蛋，扛着铁锹往回走，心里正美滋滋的时候，忽然发现了一件更让他吃惊的事——刚才那只佯装飞走的野鸭子，真的没有那么幸运，可能是太小看那两只追它的狗了。只见它再次起飞，刚扑腾起翅膀还没飞多高，赛虎就已经从草丛里蹿出，一个高高的跃起接近了它，两只前脚利落地扑到了野鸭子，愣是从空中把它给叼住了。这赛虎，竟然连天上飞的都能抓下来！赛虎在空中的姿势真是太完美了，太漂亮了。回来的路上，赛虎以胜利者的姿态，在前面高昂着头，叼着它的战利品，四眼在后面一路护送。两只狗一路小跑，把野鸭子放到了场院房门口，蹲在旁边等着小项。那一天，收获真不小，那人那狗可是高兴了，美美地改善了一下清淡的生活，补充了一下营养。为了鼓励它们，小项奖励赛虎和四眼各一个馒头和一块野鸭肉。赛虎和四眼吃得摇头摆尾。

四、犬子

时间过得真快，一晃，已进入了初夏。在连队的安排下，小项带着发情的赛虎到邻近的种马场去配种。这里是部队的军马场，里面养了好几条以前边防部队退役的军犬，一色的德国牧羊犬，品种极好。军队驻地就设在知青农场附近，与农场是"军民鱼水情"的关系单位。军爱民，民拥军。多年来，一直有相互往来。

东北的盛夏并不炎热。赛虎成功地怀上了小狗崽，身体显然有些笨重。为了给它增加营养，小项经常给它做点儿好吃的，一天又一天。这天一早起来，小项习惯性地走到门口，想看看赛虎和四眼。四眼依然在守卫，却没有看见赛虎。小项有点儿预感，只是不知道赛虎去了哪里，招呼了半天，也不见它回来。正在焦急之际，就见以前的那位守场院的老农工急急忙忙向场院跑来，离着老远就向小项喊："你那赛虎，生了。就在那边高压线旁的高土包上，快去把它拉回来吧。"小项一听，赶紧找来柳条筐，一头拴上一条绳子，匆匆忙忙，拽着就赶过去了。快到高压线旁的高土包时，只见赛虎老远就摇着尾巴跑过来，嘴里轻轻地呜呜着，似乎想说什么。小项告诉赛虎在前面带路。

狗在前，人随其后，一路来到那个临时的草窝窝产房……
最后，小项背回了一筐小狗崽。

等小狗稍微大了一点儿，开眼了，小项为连队挑选了
最好的两只小狗，留下了，其余的都被其他连队要去了。
小狗的出生，让场院显得更加热闹了，两个小不点儿也给
知青们的场院生活带来了无限的乐趣。赛虎和四眼守着它
们，亲亲热热的一大家子。尽管赛虎有时会想起它被要走
的孩子，会冲着大路嗥两声。这时候，小项就端来好吃的
安慰它。一见有好吃的，小狗特别粘人，站起来，扒着人
的膝盖，奶声奶气地叫个不停。大狗则围着人转，不时地
抬起头来看看。原本一个人守着场院，枯燥又寂寞，新生
命的到来赶走了孤寂，弄得小项一天到晚忙忙碌碌。

时间如流水，一年一年过得飞快。赛虎的两只小狗，
都长得很壮实，都跟赛虎一般高了。其中有一条如果不仔
细瞧，还以为是赛虎呢。小项给它们取好了名字，那只浑
身黄毛的就叫"黄黄"，那只有黑斑的叫"黑黑"。赛虎、
四眼、黄黄、黑黑，这四只大狗把个场院房挤了个满登登。
土道上人来人往的事，赛虎、四眼不再那么热心了，只是
在一边看着，黄黄和黑黑担负起守候种子库的责任。它们
的声势不比它们母亲的弱。只有它们的叫声，让它的母亲
赛虎感到不满意时，这个当妈的才会"汪汪"大叫连声，
震慑，以为示范。

五、守护

又是一年四季轮回。冬天，寒风刺骨地冷。一早起来，

只见场院里冷冷清清，没有了往日的热闹。场院的四只狗狗怎么都不见了？小项围着场院房前前后后寻了一圈，又喊了一圈，不管他怎么招呼，也不见狗狗们蹦跳着出来。它们跑到哪里去了呢？

此时，远远地，只见那个老农工从大田的最西头跑过来。小项心想，这老头，放着大道不走，怎么穿过草甸子，蹚着厚厚的积雪走来呢？老远，就听老农工迫不及待地大声叫："小项，小项，快！快！"出事了？肯定有事了。小项赶紧迎上去。听老农工说，这才知道，已经老了的赛虎猝死在营部通往场院大道旁边的引水沟里了。四眼和赛虎的孩子们正守在土道旁边，整条大道都被它们封闭了。狗狗们像发了疯似的，不让任何人通过，吓得过路人只能远远地站在路边，不敢上前一步。黄黄和黑黑，也不认识老农工，照样不让过。老农工只能舍近求远，绕远道来通知小项。

小项一听到这个消息，心疼坏了，赶紧拉着雪爬犁，绑上一只柳条筐就急如星火地跑过去了。离着老远，四眼就朝着小项跑过来，狗是很通人性的，只见它在他的身边绕了两圈，用头拱了一下他的手，望了他一眼，眼神里多了许多悲哀与忧伤，就头也不回地在前面领路。此时的小项都能感受到狗狗的悲伤，他也十分难受，强忍着泪水。小项紧跟在四眼的身后，来找赛虎。到了那里一看，只见赛虎侧卧在引水沟下边的雪坡上，它的两只狗儿，趴在母亲的身边一动不动。黄黄和黑黑浑身落满了雪花，眼睛里充满了悲哀和郁悒。看样子，它们趴在这里的时间不短了。

他赶忙上去抚摸着黄黄和黑黑，拂去它们身上的雪花给予抚慰。小狗们安静了下来，他又伸出双手，轻轻将冻硬了的赛虎托起来。小狗们立刻站立两旁，看着小项把它们的母亲慢慢地放进柳条筐里。整个过程悲壮而严肃，小狗们不叫不喊。在回场院的路上，它们跟在柳条筐后面寸步不离，一声不吭地护了一路。小项把赛虎的尸体拽回场院，小狗们又去守着它们的母亲。小项在场院后面一个高土包上刨了个深深的坑，将赛虎埋葬了。回到场院房后，他发现小狗们并没有他跟回来，他喊黄黄黑黑快回来！小狗们也没有回应。

一连三天，黄黄和黑黑都没有回来吃食。这么冷的天，他真怕它们冻坏了。

小项找到它们的时候，它们不吃不喝，就这么一直趴在赛虎的坟头，守着。两只狗儿如此，也让人很心酸，人心被小狗们的孝心所感动。它们是在等母亲回来吗？直到第四天早上，黄黄和黑黑才回来，浑身湿漉漉的，它们瘦了许多。狗儿整整为母亲守了三天三夜。

小项蹲下来，安慰着黄黄和黑黑，还有与赛虎相伴多年的四眼。有多少天，他和狗狗们一起思念着远去的赛虎。小项常常去看赛虎坟，培培土，小狗们和四眼都跟着。黄黄和黑黑总要在母亲的坟头上趴上一会儿，呜呜呜地叫几声，小项就在一边等着。它们在坟头上悲嚎几声，再转过头来望着他。他起身向场院慢慢走去，小狗们也跟着他回场院。一路了无声息，人和狗，只有静默。

…………

图书在版编目（CIP）数据

只缘 / 贾振葵著 . —北京 ： 中国民族文化出版社
有限公司， 2020.5（2025.1重印）
ISBN 978-7-5122-1318-0

Ⅰ． ①只… Ⅱ． ①贾… Ⅲ． ①散文集－中国－当代
Ⅳ． ① I267

中国版本图书馆 CIP 数据核字（2020）第 037324 号

只缘

作　　者　贾振葵

责任编辑　王　华

责任校对　李文学

出　版　者　中国民族文化出版社　地址：北京市东城区和平里北街14号
　　　　　　邮编：100013　联系电话：010-84250639　64211754（传真）

印　　装　三河市同力彩印有限公司

开　　本　889mm×1194mm　1/32

印　　张　7.875

字　　数　140千

版　　次　2020年7月第1版　　2025年1月第2次印刷

标准书号　ISBN 978-7-5122-1318-0

定　　价　48.00元